◉ 英语漫话中国文化系列

对照】

中国传统文化经典民间故事

Classic Legends of Traditional Chinese Culture

丛书主编译：任秀桦
本册主编译：姚丽 国宁
本册编译者：姚丽 国宁 刘晓晔 周雪 高路 徐辉 白怡冰
插 图：任秀荣

大连理工大学出版社

图书在版编目(CIP)数据

中国传统文化经典民间故事:英汉对照/ 姚丽,国宁编译. —大连:大连理工大学出版社,2009.1
(英语漫话中国文化系列)
ISBN 978-7-5611-4527-2

Ⅰ.中… Ⅱ.①姚…②国… Ⅲ.民间故事—作品集—中国—英、汉 Ⅳ.I277.3

中国版本图书馆 CIP 数据核字(2008)第 170222 号

大连理工大学出版社出版

地址:大连市软件园路 80 号 邮政编码:116023
发行:0411-84708842 传真:0411-84701466 邮购:0411-84703636
E-mail:dutp@dutp.cn URL:http://www.dutp.cn

大连天正华延彩色印刷有限公司印刷 大连理工大学出版社发行

幅面尺寸:175mm×168mm 印张:11.75 字数:218 千字
附件:光盘一张 印数:1~6000
2009 年 1 月第 1 版 2009 年 1 月第 1 次印刷

责任编辑:高 颖 张 钰 责任校对:王 卓
封面设计:孙宝福

ISBN 978-7-5611-4527-2 定价:30.00 元

Preface

Tales of Traditional Chinese Culture consists of four books: *Classic Fables of Traditional Chinese Culture*, *Classic Legends of Traditional Chinese Culture*, *Classic Myths of Traditional Chinese Culture* and *Classic Anecdotes of Traditional Chinese Culture*, which are matched with vivid illustrations and plain English translations. These illustrated books help readers of different cultural backgrounds share the essence beauty of the traditional Chinese cultural heritage. The lovely and interesting tales will quench the thirst of foreigners who are interested in traditional Chinese culture, and the Chinese youngsters who enjoy the topic of traditional Chinese culture bilingually.

Fables of traditional Chinese culture often use exaggerated and imaginary means, as well as distinct and lively languages, to convey moral truth and embody the philosophy of life. The outstanding representatives of them are Zhuangzi's fables. Zhuangzi's fables set forth the mystery and deep philosophy of "Non-action" and "Harmony of Human and Nature" in a romantic and exaggerated artistic style, explaining the secret essence of TAO with simple and common stories, which enable people to chew the taste while they gain enlightenment and moral truth. Fables like *A Walk Learner in Handan, A Mantis Blocked a Chariot, A Sigh of River* and *Zhuangzhou Borrowed Grain* have been widely known by almost all Chinese families.

Legends of traditional Chinese culture are extremely rich and plentiful, passed down from generation to generation, regarded as an invaluable treasure among the folk literatures. Chinese legends are based on real Chinese history, and are often characterized by the folk and race. Some famous Chinese legends like *Lady Meng Jiang Wailed at the Great Wall, Mulan Joined the Army* and *Jiang Ziya's Fishing* are widely spread among the people in China down the ages.

Myths of traditional Chinese culture often deal with supernatural beings, ancestors, or heroes in remote antiquity, explaining aspects of the natural world or delineating the psychology and customs of the society like *Nu Wa Saved the Sky* and *Kua Fu Chased the Sun*. The protagonists in myths are often described as immortals or half-immortals. Even though there are supernatural facts in myths, the figures, times, and spots of the stories are often true. Of the most favorite myths of love, *Niu Lang and Zhi Nu*, *Lady White Snake* and *Liang Shanbo and Zhu Yingtai* are most treasured by readers domestic and abroad.

Anecdotes of traditional Chinese culture, which are spread widely by the folk, often center around ancient Chinese emperors, generals, premiers and famous scholars, such as *King Yu Tamed the Flood*, *The Oath of Brotherhood in Peach Garden*, *Su Wu Herded Sheep* and *Judge Bao Investigated the Lost Donkey Case*. Most of the personage anecdotes reflect the people's yearning of honest and upright officials and the desire of peace and happiness.

Traditional Chinese culture, deeply rooted in these tales, is an intangible heritage from our ancestors. It records wide circulation and spectacular phenomena of the traditional culture, and pervades the blood of Chinese all over the world in sense of kindred spirits, conventions and values. *Tales of Traditional Chinese Culture* exudes the flavor of the Chinese race, sparkles with their wisdom and reflects the essence beauty and brilliance of Chinese culture. Readers not only read the vivid tales with implied profound traditional Chinese culture, but also gain the ability of bilingual perception.

Ren Xiuhua

Non-action Study, Beijing

November 30, 2008

前言

《英语漫话中国文化系列》由《中国传统文化经典哲理故事》、《中国传统文化经典民间故事》、《中国传统文化经典神话故事》和《中国传统文化经典名人故事》四本书组成。四本书均为简明流畅的中英文双语版本,并配以生动、传神的插图。本系列丛书旨在使具有不同语言文化背景的读者共享中国传统文化之美,体会中国传统文化之博大精深。这套图文并茂的双语经典系列丛书不仅适合对中华传统文化感兴趣的外国人,也适合想对国际友人传播中华传统文化的炎黄子孙阅读赏析。

中国传统文化经典**哲理故事**不仅题材丰富、词语洗练、意象生动而且寓意深刻。其中最杰出的代表是庄子寓言故事。庄子将深奥的哲理寄托在故事之中,通过浪漫而夸张的艺术手法,阐述天人合一、自然无为的哲学思想。中国古代哲理故事虽浅显易懂却蕴涵深刻,让人读之难忘,嚼之有味。像《邯郸学步》、《螳臂挡车》、《望洋兴叹》、《庄周贷粟》等寓言故事已成为妇孺皆知的经典之作。

中国传统文化经典**民间故事**是中国民间文化重要的组成部分。民间故事是一种口头文学,以口耳相传的方式在民众中世代传承,绵延不绝。民间故事内容广泛、情节动人,具有鲜明的时代性、地方性和民族性。有些民间故事如《孟姜女哭长城》、《木兰从军》、《姜太公钓鱼》等在华夏大地已然达到家喻户晓的程度。

中国传统文化经典**神话故事**描写的时间范围往往是所谓盘古开天辟地的史前时代,神话故事的话题多围绕人与自然之间的关系,如《女娲补天》、《夸父追日》等。神话故事的典型人物往往被描述成神仙或半神仙式的英雄。描写爱情的神话故事虽然是神话传奇，但多有具体的发生地点和发生年代，主人公也经常是真实的人物，其中最为著名的爱情故事《牛郎织女》、《白蛇传》和《梁山伯与祝英台》深受中外读者的喜爱。

中国传统文化经典**名人故事**多半是中国古代帝王将相轶事，也有文人墨客的趣闻。这类故事在民间流传很广，如《大禹治水》、《桃园三结义》、《苏武牧羊》、《包公审驴》等。这些故事体现了善良的中国百姓对清官廉政的渴望和对太平盛世中安居乐业的美好生活的向往。

中国传统文化是我们从先辈传承下来的丰厚的非物质文化遗产，它记录了中华民族和中华文化发生、演化的历史，并作为世代传袭的人文精神、社会习俗、价值观念等精神遗产渗透在每个中国人的血脉之中。《英语漫话中国文化系列》所选的经典故事从不同的角度将这些文化遗产呈献给读者，使读者体会到中国文化的博大精深，感悟人生的智慧、生命的真谛，同时在领略中国传统文化韵味中提高双语赏读能力。

任秀桦

北京无为斋

2008年11月30日

Contents
目录

Traditional Chinese Festivals
中华时节

Heroic Women

巾帼英雄

Diligent Learners

黾勉求学

Impressive Sincerity

至诚感天

Being Resourceful and Upright

智圆行方

Chatting at the Starry Night

星空夜话

Mute Thunderous Sound

大音稀声

Anecdotes of Folk Customs

民俗趣谈

Traditional Chinese Festivals

中华时节

〖The Origin of Laba Porridge〗

Once upon a time, a young couple lived with the husband's parents together. The old couple cared for the young couple so much that they did all the housework. As a result, the young couple never learned how to take care of themselves.

là bā zhōu de lái lì

腊八粥的来历

hěn jiǔ yǐ qián yǒu yì jiā rén ér zi ér xí gēnzhe fù mǔ yì qǐ guò rì zi lǎorén duì ér zi

很久以前，有一家人，儿子、儿媳跟着父母一起过日子。老人对儿子、

ér xí zhào gù de fēi cháng zhōu dào shén me jiā wù huó dōu bú ràng tā men dòng shǒu jié guǒ xiǎo liǎng kǒu gēn

儿媳照顾得非常周到，什么家务活都不让他们动手。结果，小两口根

běn méi yǒu xué huì rú hé zhào gù zì jǐ

本没有学会如何照顾自己。

Later the old couple died. The young couple ate all the food stored in the house, and then they sold the house to buy food. They had to move into a straw shack. When the winter arrived, they were cold and hungry in their shack. On the 8th day of the 12th lunar month, they collected a few corn and carrot pieces from rat holes and made a pot of porridge. Just when they were about to eat it, a gust of wind came up and blew down the shed, crushing them to death.

hòu lái lǎo liǎng kǒu qù shì le xiǎo liǎng kǒu chī wán le lǎo rén liú xià de liáng shi zài hòu lái tā men
后来，老两口去世了，小两口吃完了老人留下的粮食。再后来，他们
bǎ fáng zi yě mài qián mǎi liáng shi chī le zuì hòu tā men zhǐ hǎo jǐ zài yì jiān pò cǎo péng lǐ ái è hán
把房子也卖钱买粮食吃了。最后，他们只好挤在一间破草棚里挨饿。寒
dōng lái le xiǎo liǎng kǒu yòu lěng yòu è zài là yuè chū bā zhè tiān tā men cóng lǎo shǔ dòng lǐ sōu chū le yì
冬来了，小两口又冷又饿，在腊月初八这天，他们从老鼠洞里搜出了一
diǎn yù mǐ luó bo còu he yí xià áo chéng xī zhōu zhèng yào hē de shí hou yí zhèn kuáng fēng guā
点玉米、萝卜，凑合一下，熬成稀粥。正要喝的时候，一阵狂风刮
lái bǎ qiáng guā dǎo tā men bèi yā sǐ zài dǎo tā de qiáng dǐ xia
来，把墙刮倒，他们被压死在倒塌的墙底下。

Ever since then, on the 8th day of the 12th lunar month, the Festival of Laba, people make porridge of different grains to remind them of the necessity of knowing how to work.

cóng cǐ měidào là yuèchū bā là bā jié zhè yì tiān rénmen jiù yòng wǔ gǔ zá liáng áo yì guōzhōu
从此，每到腊月初八，腊八节这一天，人们就用五谷杂粮熬一锅粥，
tí xǐngrénmen jì zhù láodòngshēngcún de dào lǐ
提醒人们记住劳动生存的道理。

〖The Tale of Nian〗

Long ago there lived a frightful demon called Nian year, with a single large horn, heavy green scales, a huge mouth, and very sharp teeth. Being so frightful, it did evil things wherever it went. Because it was so dangerous, the demon was locked by the heavenly gods into a remote mountain prison — some people said in the sea. It was permitted to leave only once every twelve months so that it would not starve to death.

nián de chuánshuō
“年”的传说

cóngqián yǒu yí gè guàishòu míng zi jiào nián nián tóuzhǎng dú jiǎo shēnzhǎng lǜ
从前，有一个怪兽，名字叫“年”。“年”头长独角，身长绿
lín zuǐ ba shuò dà yá chǐ fēng lì xiōngměng yì cháng hěn zì rán xiōngměng de nián wú lùn zǒu
鳞，嘴巴硕大，牙齿锋利，凶猛异常。很自然，凶猛的“年”无论走
dàonǎr dōu huì dài lái zāi nàn yīn wèi tā yǒu rú cǐ wēi hài suǒ yǐ tiānshén bǎ tā qiú jìn zài yuǎnshān zhī
到哪儿，都会带来灾难。因为它有如此危害，所以天神把它囚禁在远山之
zhōng yǒu rén shuō shì qiú jìn zài hǎi lǐ wèi le bú ràng nián è sǐ tiānshén yǔn xǔ tā měi shí èr gè
中，有人说是囚禁在海里。为了不让“年”饿死，天神允许它每十二个
yuè chū lái yí cì
月出来一次。

Unfortunately Nian's yearly release was fatal to humans, for every year it would come down from its prison to the villages very hungrily indeed and would look for food even villagers to eat. Frightened villagers would give out some of their livestock in hope of satisfying its appetite while they themselves hid inside their houses or fled into the mountains. But one year an old beggar happened to be visiting the village on the day when Nian was due to be released. Everyone fled in panic, leaving the old beggar in the village wondering curiously what kind of monster Nian was indeed. The old beggar took

bú xìng de shì měi nián shì fàng nián zhè guài shòu kě hài kǔ le bǎi xìng yīn wèi tā cóng qiú jìn dì
不幸的是每年释放“年”这怪兽，可害苦了百姓，因为它从囚禁地
lái dào cūn zhuāng shí yǐ jīng è de yào mìng jiàn dào liáng shi jiù chī jiàn dào cūn mín yě bú fàng guò xià
来到村庄时，已经饿得要命，见到粮食就吃，见到村民也不放过。吓
huài le de cūn mín wǎng wǎng ná chū tā men de jiā chù gěi tā chī xī wàng néng mǎn zú tā de shí yù ér tā
坏了的村民往往拿出他们的家畜给它吃，希望能满足它的食欲，而他
men zì jǐ què duǒ zài wū zi lǐ huò táo dào shān shang cáng qǐ lái yǒu yì nián yí gè nián lǎo de qǐ gài qià qiǎo
们自己却躲在屋子里或逃到山上藏起来。有一年，一个年老的乞丐恰巧
zài bái tiān guài shòu yào lái de shí hou lái dào cūn lǐ rén men dōu jīng huāng shī cuò cáng qǐ lái shèng xià nián lǎo
在白天怪兽要来的时候来到村里。人们都惊慌失措藏起来，剩下年老

refuge inside the house. There happened to be a piece of red paper fluttering from the door of a house, and it attracted the attention of Nian. But as it charged to the door, it happened to be hit by lightning, which hurt it so seriously that its scream was almost as loud as the peal of thunder. Slowly recovering, the monster circulated more cautiously through the village, avoiding anything red, which frightened it a lot.

de qǐ gài hào qí de xiǎng kàn kan guài shòu dào dǐ shén me yàng lǎo rén duǒ jìn yì suǒ fáng zi lǐ qià qiǎo fáng
的乞丐好奇地想看看怪兽到底什么样。老人躲进一所房子里。恰巧房
mén lǐ piāo chū yì zhāng hóng zhǐ tiáo zhè zhāng hóng zhǐ tiáo xī yǐn le nián de zhù yì lì kě shì dāng tā
门里飘出一张红纸条。这张红纸条吸引了“年”的注意力，可是当它
chōng xiàng mén kǒu shí què pèng qiǎo bèi shǎn diàn jī zhòng shāng de bù qīng nián de jiān jiào shēng
冲向门口时，却碰巧被闪电击中，伤得不轻。“年”的尖叫声
xiàng hōng míng de léi shēng màn man de nián xǐng guò shén lái hòu tā hài pà rèn hé hóng sè de dōng
像轰鸣的雷声。慢慢地“年”醒过神来后，它害怕任何红色的东
xi zài cūn zi lǐ xíng jìng gèng jiā jǐn shèn le
西，在村子里行径更加谨慎了。

Seeing its fear, the old beggar got a good idea. He found some red cloth and wound himself up in it, then emerged into the lane, lighting and throwing the largest firecrackers he could find. Seeing a red figure coming towards him carrying a bright lantern and making sounds like thunder, the monster turned and fled in terror. Once they discovered that Nian was afraid of red color, bright lanterns, and loud, thunderous noises, the villagers knew how to protect themselves. So each year, when it was released, people would light up their houses, paste red paper on their doors, wear red clothes, and set off firecrackers and beat gongs and drums.

kàndàonián de kǒng jù lǎorényǒu le zhú yi tā zhǎo le yí kuàir hóng bù bǎ zì jǐ guǒ qǐ lái rán
看到年的恐惧，老人有了主意。他找了一块儿红布把自己裹起来，然
hòuchūxiàn zài xiàng zi lǐ tā zhǎodàozuì dà de bàozhú yì biāndiǎnrán yì biāntóu zhì guàishòukàn
后出现在巷子里，他找到最大的爆竹，一边点燃，一边投掷。怪兽看
dào yí gè hóng sè de rényǐng tí zhedēnglong fā chū léi míngbān de xiǎngshēngcháo tā zǒu lái xià de lì jí
到一个红色的人影提着灯笼，发出雷鸣般的响声朝它走来，吓得立即
táozǒu le cūnmínmen yì jīng fā xiànguàishòuhài pà hóng sè dēnglong hé xiǎngshēng biànmíngbai yīnggāi
逃走了。村民们一经发现怪兽害怕红色、灯笼和响声，便明白应该
rú hé bǎohù zì jǐ le yú shì měiniánguàishòuchū lái shí rénmen jiù huì diǎnliàngdēnghuǒ zài fángmén
如何保护自己了。于是，每年怪兽出来时，人们就会点亮灯火，在房门
shang tiē shànghóngzhǐ shēnchuānhóng sè de yī fu bìngqiěránfàngbiānpào qiāoluó dǎ gǔ
上贴上红纸，身穿红色的衣服，并且燃放鞭炮、敲锣打鼓。

On that day, no one got much sleep, but the cowardly monster never troubled them again. And since then, on the morning of each New Year, people would rejoice and congratulate each other on avoiding disasters, and wish each other great happiness for the year that began so well.

zhè yì tiān méi rén shuì duō shǎo jiào bú guò dǎn qiè de guài shòu zài yě méi lái sāo rǎo tā men cóng
这一天，没人睡多少觉，不过胆怯的怪兽再也没来骚扰他们。从

cǐ měi dāng xīn nián lái lín rén men jiù huì huān tiān xǐ dì xiāng hù dào hè zhù fú xīn nián dà jí wú zāi
此，每当新年来临，人们就会欢天喜地相互道贺，祝福新年大吉，无灾

wú nàn xìng fú kuài lè
无难，幸福快乐。

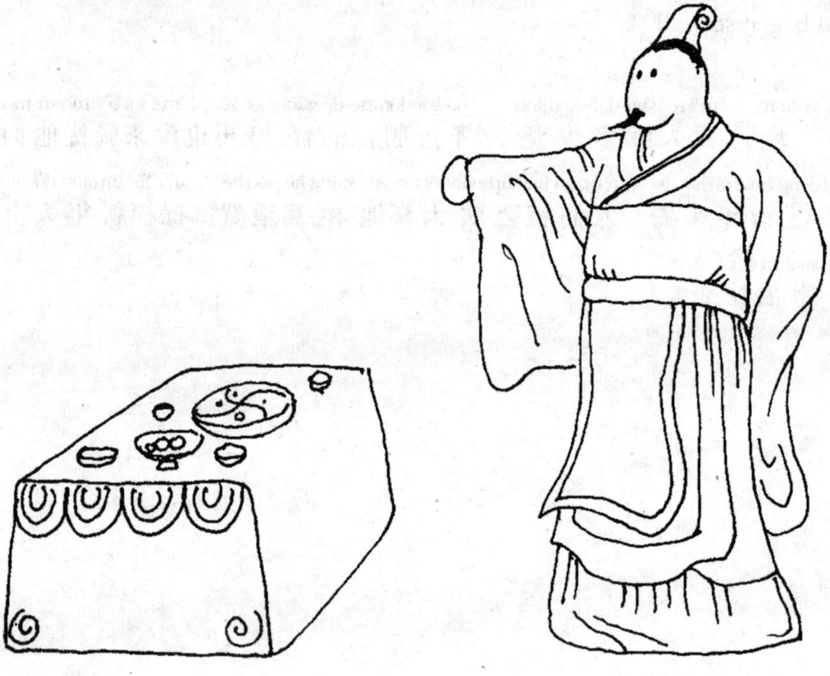

Eating Cold Food at Qingming
清明冷餐的来历

〖Eating Cold Food at Qingming〗

During the Spring and Autumn Period, Chong Er, the son of the duke of the State of Jin, was forced to live in exile for 19 years. When he eventually succeeded his father as a duke and was able to return to Jin, he granted titles and land to his followers. However, he neglected Jie Zhitui, one of his most devoted supporters. Jie Zhitui was devastated at this ingratitude, and, bearing his mother on his back, he went into the forests in Mian Mountain to live.

qīngmínglěngcān de lái lì

清明冷餐的来历

chūnqiūshí qī jìnguógōng de ér zi chóng ěr bèi liúfàng le shí jiǔnián hòulái tā zhōng yú huídàojìn
春秋时期，晋国公的儿子重耳被流放了十九年。后来，他终于回到晋

guó jì chéngwángwèi yú shì tā shǎng cì gěi xǔ duōzhuīsuí tā de mén kè guānzhí hé tǔ dì quèlěngluò le
国，继承王位。于是他赏赐给许多追随他的门客官职和土地，却冷落了

yí gè duì tā zuìzhōngxīn de míngjiàojiè zhī tuī de mén kè jiè zhī tuī xīnhuī yì lěng jiāng tā de mǔqīnbēi zài
一个对他最忠心的、名叫介之推的门客。介之推心灰意冷，将他的母亲背在

bèishang zǒudàomiánshān de sēnlín lǐ qù yǐn jū
背上，走到绵山的森林里去隐居。

When Chong Er heard about this, he sent men to seek out Jie, but the mountain forest was so large that they were unable to find him. Chong Er ordered to set fire to the forest, hoping to drive Jie and his mother out from the other side. As the fire moved through the trees, nobody came out.

chóng ěr tīngshuō cǐ shì pàirén qù xúnzhǎo jiè zhī tuī kě shì shēnshānlǎo lín miàn jī tài dà le
重耳听说此事，派人去寻找介之推。可是，深山老林面积太大了，
chóng ěr de rén wú fǎ zhǎodào tā yú shì chóng ěr mìngrénfànghuǒdiǎnránsēn lín xī wàngnéng jiè zhùhuǒshì
重耳的人无法找到他。于是，重耳命人放火点燃森林，希望能借助火势
de tuī jìn jiāng jiè zhī tuī cóngsēn lín de lìng yì biān bī chū lái kě shì dà huǒshāobiàn le zhěng gè sēn lín hái
的推进，将介之推从森林的另一边逼出来。可是，大火烧遍了整个森林，还
shì méiyǒurénchū lái
是没有人出来。

Jie Zhitui and his mother were later found burnt to death in the forest. Chong Er felt great sorrow for this. In commemoration, he ordered that all the fires of the land of Jin be extinguished, and that only cold food be eaten that day.

That is the origin of the Cold Food Feast associated with Qingming, the festival of the ancestors.

hòulái jiè zhī tuī mǔ zǐ de shī tǐ bèi fā xiàn le shì bèi dà huǒ shāo sǐ de chóng ěr wèi cǐ shì shēnshēn
后来，介之推母子的尸体被发现了，是被大火烧死的。重耳为此事深深

de bēitòng wèi le jì niàn jiè zhī tuī chóng ěr xiàlìng zài zhè yì tiān quánguó dōu bù zhǔn shǐ yòng huǒ dà jiā
地悲痛。为了纪念介之推，重耳下令，在这一天，全国都不准使用火，大家

zhǐ chī lěngcān
只吃冷餐。

zhè jiù shì qīngmíng jié chī lěngcān de lái lì
这就是清明节吃冷餐的来历。

The Fifth Day of the Fifth Lunar Month
农历五月初五

〖The Fifth Day of the Fifth Lunar Month〗

On the fifth day of the fifth lunar month, the day of the Dragon Boat Festival, people eat Zongzi. The association of Zongzi with this day is said to be in memory of the poet Qu Yuan, an official of the State of Chu during the Warring States Period. Qu Yuan was a successful counselor who gave good advice to King Huai of Chu. However, many other officials were jealous of him and persuaded the king into having him banished.

nóng lì wǔ yuè chū wǔ

农历五月初五

wǔ yuè chū wǔ shì duān wǔ jié jí lóng zhōu jié rén men zài zhè yì tiān chī zòng zi zhè yì tiān chī zòng
五月初五是端午节，即龙舟节，人们在这一天吃粽子。这一天吃粽
zi jù shuō shì wèi le jì niàn shī rén qū yuán qū yuán shì zhàn guó shí qī chǔ guó de dà chén hěn shòu chǔ huái
子据说是为了纪念诗人屈原。屈原是战国时期楚国的大臣，很受楚怀
wáng de zhòng yòng céng jīng xiàng chǔ huái wáng tí guò bù shǎo hǎo de zhèng jiàn kě shì hěn duō dà chén dōu
王的重用，曾经向楚怀王提过不少好的政见。可是，很多大臣都
dù jì tā huái wáng tīng xìn le tā men de chán yán jiāng qū yuán liú fàng dào yuǎn fāng
妒忌他，怀王听信了他们的谗言，将屈原流放到远方。

In 278 BC, Qin army, under the command of the famous general Bai Qi, occupied Ying, the capital of Chu. Qu Yuan was in despair both at the injustice of his exile and at the loss of his homeland to the Qin conquerors because his advice had not been adopted. He commemorated his sorrow in a long poem still widely appreciated today, called "*Leaving the Tumult*". Eventually on the fifth day of the fifth lunar month, Qu Yuan committed suicide by jumping into the nearby Miluo River.

gōngyuánqián nián qínjūn zài zhùmíngjiànglǐngbái qǐ de zhǐ huī xià gōng dǎ chǔguó zhànlǐng le
公元前278年，秦军在著名将领白起的指挥下攻打楚国，占领了
chǔguó de shǒu dū yǐng xiǎng qǐ zì jǐ shòudào bù gōngzhèng de biǎnzhé liú fàng zài wài jiā shànghuái wáng
楚国的首都郢。想起自己受到不公正的贬谪，流放在外，加上怀王
bù tīng zì jǐ de jiàn yì shǐ chǔguó bèi qínguómiè diào guórén shī qù le jiā yuán qū yuán bēi fèn yù jué
不听自己的建议，使楚国被秦国灭掉，国人失去了家园，屈原悲愤欲绝。
tā jiāng zì jǐ de bēi tòng xīn qíng xiě rù yì shǒucháng shī zhōng tí mù jiào lí sāo zhè shǒucháng shī zhì
他将自己的悲痛心情写入一首长诗中，题目叫《离骚》，这首长诗至
jīn réngshòurén tuī chóng zuì zhōng zài nóng lì wǔ yuè chū wǔ nà yì tiān qū yuán tóu jìn fù jìn de mì luó
今仍受人推崇。最终，在农历五月初五那一天，屈原投进附近的汨罗
jiāng zì shā
江自杀。

People were unable to find Qu Yuan's body. They rowed boats onto the river, tied the rice into wrappings of bamboo leaves, and threw them into the water to feed the fish and shrimps, so that they wouldn't eat the body of Qu Yuan. Although people didn't throw rice into rivers any more, the custom of preparing and eating rice wrapped in bamboo leaves on the fifth day of the fifth lunar month was passed down.

rénmen wú fǎ zhǎodào qū yuán de shī tǐ biànhuázhe chuándào mì luójiāng bǎ yòngzhú yè bāohǎo de
人们无法找到屈原的尸体， 便划着船到汨罗江， 把用竹叶包好的
dà mǐ tóu rù jiāngshuǐzhōngwèi yú xiā yǐ miǎn tā menchī le qū yuán de shī tǐ hòu lái jǐn guǎnrénmen bú
大米投入江水中喂鱼虾，以免它们吃了屈原的尸体。后来，尽管人们不
zài wǎngjiāng lǐ rēng mǐ wèi yú xiā dànzài wǔ yuèchū wǔ nà tiānyòngzhú yè bāozòng zi chīzòng zi de xí sú
再往江里扔米喂鱼虾，但在五月初五那天用竹叶包粽子、吃粽子的习俗
quèyán xù le xià lái
却延续了下来。

Mountain Climbing On Double-Ninth Day
重九登高

〖Mountain Climbing On Double-Ninth Day〗

It is said in Runan County of Western Han Dynasty, there was a boy named Huan Jing. There appeared a devil of plague in the Ruhe River. Every year, People were killed wherever it came up. To help his neighbors get rid of the devil Huan Jing decided to go to the Southeast Mountain and visit a powerful god. Finally the old god agreed to teach

chóng jiǔ dēnggāo

重九登高

xī hànshí rǔ nánxiànyǒu gè rénmíngjiàohuánjǐng rǔ hé lǐ zhù gè wēnmó měiniánchūlái hàirén wèi le

西汉时汝南县有个人名叫桓景。汝河里住个瘟魔，每年出来害人。为了

tì mínchúhài huánjǐngjuédìng qù dōngnánshānbàifǎng yí wèishénxiān lǎoshénxiānzhōng yú dā yingjiāo tā xiáng

替民除害，桓景决定去东南山拜访一位神仙，老神仙终于答应教他降

him how to defeat the devil. Till the 9th day of September, when Huan Jing was practicing the sword, the god walked to him and said, "The devil will reappear. It is time for you to go home and kill it." The god also gave him a pack of leaves of cornus and a jar of liquor soaked with chrysanthemums. Riding a crane, Huan Jing went back home and led his fellow villagers up to a nearby mountain. Everyone was given a cornus leaf and a drink of the chrysanthemum liquor. When the devil of plague came up from under the

yāo fǎ mén dào le jiǔ yuè jiǔ nà tiān huánjǐngzhèngzài liànjiàn lǎoshénxiānzǒu lái duì tā shuō rǔ hé wēn
妖法门。到了九月九那天，桓景正在练剑，老神仙走来对他说：“汝河瘟

móyòuyàochū lái hàirén nǐ gǎnjǐn huíxiāngwèimínchúhài bìnggěi le tā zhū yú yè zi yì bāo jú huājiǔ yì
魔又要出来害人，你赶紧回乡为民除害”，并给了他茱萸叶子一包，菊花酒一

píng huánjǐng qí zhe yì zhī xiān hè huí dào le jiā xiāng dàizhequáncūnréndēngshàng le fù jìn de yí zuòshān
瓶。桓景骑着一只仙鹤回到了家乡，带着全村人登上了附近的一座山，

bìng bǎ zhū yú yè fēn gěi měirén yí piàn yòu bǎ jú huājiǔ dàochū ràngměirén hē yì kǒu bù yí huìr wēn
并把茱萸叶分给每人一片，又把菊花酒倒出，让每人喝一口。不一会儿，瘟

water, it got dizzy by the scent of cornus and chrysanthemums. Huan Jing killed the devil with the sword in a few rounds.From then on, people from both sides of the Ruhe River were free from the invasion of plagues. The custom of mountain climbing passed down from generation to generation.

móchūshuǐshàng'àn bèi jiǔ qì jí zhūyú de xiāngwèixià de bù gǎnshàngqián huánjǐngchōuchūbǎojiàn yì zhǎ
魔出水上岸，被酒气及茱萸的香味吓得不敢上前。桓景抽出宝剑，一眨
yǎnjiù bǎ wēnmódìng sǐ zài dì cóng cǐ rǔ hé liǎng'àn de bǎixìngzài yě búshòuwēn yì de qīn xí le chóng
眼就把瘟魔钉死在地。从此，汝河两岸的百姓再也不受瘟疫的侵袭了。重
jiǔ dēnggāo de xí sú yí dài dài chuándàoxiànzài
九登高的习俗，一代代传到现在。

The Lantern Festival

元宵节

〖The Lantern Festival〗

It is said that in Han Dynasty, Emperor Wu had a favorite minister called Dongfang Shuo, a kind-hearted and humorous person. One day, he saw an odalisque wanting to jump into the well with tears. He asked her why. This odalisque, called Yuan Xiao, never met her family since she was taken into the imperial palace. She felt she was unable to give her piety to her parents, so that she would rather die. Dongfang Shuo decided to help

yuánxiāo jié

元宵节

xiāngchuán hànwǔ dì yǒu gè chǒngchénjiàodōngfāngshuò shànliángyòufēng qù yǒu yì tiān dōngfāng

相传，汉武帝有个宠臣叫东方朔，善良又风趣。有一天，东方

shuò fā xiànyǒu gè gōng nǚ lèi liú mǎnmiànzhǔnbèi tóujǐng huāngmángxúnwèn zhè ge gōng nǚ jiàoyuánxiāo zì

朔发现有个宫女泪流满面准备投井，慌忙询问。这个宫女叫元宵，自

jìn gōnghòu wú fǎ hé jiā rénjiànmiàn jué de bù néngduìshuāngqīn jìn xiào bù rú qù sǐ dōngfāngshuòjué

进宫后，无法和家人见面，觉得不能对双亲尽孝，不如去死。东方朔决

her. He set up a fortune-sharing stall on the street and gave every enquirer a note with the sentence "There will be a fire on you on January 16th in lunar calendar". People all asked the solution to the disaster. He said that a fairy in red was ordered to burn Chang'an. Someone told Emperor Wu. He was shocked and called Dongfang Shuo at once. Dongfang Shuo pretended to think it over, and said, "Fire God likes eating Tangyuan most. You can let the odalisque called Yuan Xiao cook Tangyuan on the night of January 15th, then you incense. Let each family light a lantern and people outside the city come to

dìngbāng tā tā zài jiē biānbǎi le gè zhān bǔ tān qián lái zhān bǔ de réndōu dé dào zhēngyuèshí liù huǒfén
定帮她。他在街边摆了个占卜摊。前来占卜的人都得到“正月十六火焚
shēn de qiān yǔ rénmenfēn fēnwèn jiě zāi zhī fǎ dōngfāngshuòshuō yí chì yī shén nǚ fèngzhǐshāocháng 'ān
身”的签语。人们纷纷问解灾之法。东方朔说一赤衣神女奉旨烧长安。
yǒurénbǐngbào le hànwǔ dì hànwǔ dì dàjīng liánmángqǐng lái dōngfāngshuò dōngfāngshuòjiǎ yì yì xiǎng
有人禀报了汉武帝，汉武帝大惊，连忙请来东方朔。东方朔假意一想，
shuō huǒshénjūnzuì ài chītāngyuán shí wǔ wǎnshangrànggōngzhōng de yuánxiāozuòhǎotāngyuán wànsuì fén
说：“火神君最爱吃汤圆，十五晚上让宫中的元宵做好汤圆，万岁焚
xiāng chuánchénmínshí wǔ wǎnshangguàdēng chéngwài bǎi xìng jìn chéngguāndēngxiāozāi jiě nàn wǔ dì
香。传臣民十五晚上挂灯，城外百姓进城观灯消灾解难。”武帝

watch lanterns for removing disasters." Emperor Wu agreed. On the night of January 15th Yuan Xiao's family came to watch lanterns, so they united. Nothing happened in Chang'an that night. Emperor Wu was happy to let Yuan Xiao cook Tangyuan on the next night of January 15th for Fire God. Because Tangyuan on 15th was made by Yuan Xiao, people also called Tangyuan as "Yuan Xiao", and called this day "Yuan Xiao Jie", also the Lantern Festival.

chuánzhǐ zhàozuò zhēngyuè shí wǔ wǎn yuánxiāo de jiā rén jìn chéngguāndēng zhōngyú yì jiā tuán jù cháng
传旨照做。正月十五晚，元宵的家人进城观灯，终于一家团聚。长

ān chéngguǒrán yí yè wú shì hàn wǔ dì dà xǐ dì èr nián zhēngyuè shí wǔ zhàoyàng ràng yuánxiāo zuò tāngyuán
安城果然一夜无事。汉武帝大喜，第二年正月十五照样让元宵做汤圆

gòngfèng huǒshénjūn yīn shí wǔ de tāngyuán shì yuánxiāo zuò de rénmen yě bǎ tāngyuán jiào yuánxiāo bǎ
供奉火神君，因十五的汤圆是元宵做的，人们也把汤圆叫“元宵”，把

zhè yì tiān jiào yuánxiāo jié
这一天叫“元宵节”。

Water–Splashing Festival
泼水节

〖Water-Splashing Festival〗

Water-Splashing Festival is the traditional festival of the Dai people, a minority ethnic people in China. It is a mark of the New Year's coming and the old year's leaving, which generally lasts for three to seven days. It is said that, long ago, a devil occupied beautiful Xishuangbanna, and robbed seven pretty girls to be his wives. The girls hated the devil very much and thought over together how to kill the devil. One night, the

pō shuǐ jié

泼水节

pō shuǐ jié shì dǎi zú de chuántǒng jié rì shì dǎi lì nián xīn jiù jiāo tì de biāozhì yì bān huì chí xù zhì
泼水节是傣族的传统节日，是傣历年新旧交替的标志，一般会持续3至

tiān jù shuō hěn zǎo yǐ qián yí ge è mó bà zhàn le měi lì de xī shuāngbǎn nà bìng qiǎng lái qī wèi měi
7天。据说，很早以前，一个恶魔霸占了美丽的西双版纳，并抢来七位美

lì de gū niang zuò tā de qī zi gū niang men mǎn huái chóu hèn hé ji zhe rú hé shā sǐ mó wáng yì tiān yè
丽的姑娘做他的妻子。姑娘们满怀仇恨，合计着如何杀死魔王。一天夜

youngest girl of them made the devil drunk and managed to know his fatal weakness. It turned out that the devil was afraid to surround his neck tightly with his own hair. She pulled out a red hair of the devil gingerly and strapped his neck. Indeed as expected, the devil's head dropped down, becoming a fireball. Wherever the fireball rolled, the evil fire burnt there. To put out the evil fire, the youngest girl clenched the devil's head; at the same time the other six girls splashed water to the head constantly. Eventually they

lǐ nián jì zuì xiǎo de gū niang bǎ mó wáng guàn zuì zhī dào le tā zhì mìng de ruò diǎn yuán lái mó wáng pà
里，年纪最小的姑娘把魔王灌醉，知道了他致命的弱点。原来，魔王怕
yòng tā de tóu fa lēi zhù zì jǐ de bó zi tā xiǎo xīn yì yì de bá xià mó wáng yì gēn hóng tóu fa lēi zhù tā de bó
用他的头发勒住自己的脖子。她小心翼翼地拔下魔王一根红头发，勒住他的脖
zi guǒ rán mó wáng de tóu diào le xià lái biàn chéng yì tuán huǒ qiú gǔn dào nǎ li xié huǒ jiù shāo dào nǎ
子。果然，魔王的头掉了下来，变成一团火球，滚到哪里，邪火就烧到哪
li wèi le pū miè xié huǒ xiǎo gū niang jiū zhù le mó wáng de tóu qí tā liù wèi gū niang bù tíng de xiàng shàng
里。为了扑灭邪火，小姑娘揪住了魔王的头，其他六位姑娘不停地向上

put out the evil fire in June of the Dai calendar and then people there started their peaceful and happy life. From then on, there was the custom of splashing water annually; actually it also became a kind of form that people were blessed mutually. The water from Water-Splashing Festival represents good luck, happiness and healthiness. Therefore the more you are sprinkled, the more lucky things will fall on you in the New Year.

mian pō shuǐ zhōng yú zài dǎi lì de liù yuè bǎ xié huǒ pū miè le xiāng qīn men kāi shǐ le ān jū lè yè de shēng
面泼水，终于在傣历的六月把邪火扑灭了，乡亲们开始了安居乐业的生

huó cóng cǐ biàn yǒu le féng nián pō shuǐ de xí sú shì shí shang yě shì rén men xiāng hù zhù fú de yì zhǒng xíng
活。从此，便有了逢年泼水的习俗，事实上也是人们相互祝福的一种形

shì pō shuǐ jié de shuǐ dài biǎo zhe jí xiáng xìng fú hé jiàn kāng yīn cǐ bèi pō de yuè duō yù shì zhe xīn nián de
式。泼水节的水代表着吉祥、幸福和健康，因此，被泼得越多预示着新年的

hǎo yùn yuè duō
好运越多。

Heroic Women

中

巾帼英雄

Wang Zhaojun
昭君出塞

〖Wang Zhaojun〗

Known as one of the "Four Greatest Beauties" in Chinese history, Wang Zhaojun was a court lady in Han Dynasty, married off to a Khan of the Huns, a nomadic people to the north. Even though a number of such women were married so in the interests of diplomacy at that time, Wang Zhaojun stood out as the only one who chose to do so herself.

In the year 33 BC, the Huns wanted to establish friendly relations with the Han Government. The Khan personally came to Chang'an, the capital of Han and requested a Han

zhāo jūn chū sài

昭君出塞

zài zhōngguó lì shǐ shang bèi chēngwéi sì dà měi nǚ zhī yī de wángzhāojūn yuán shì hàncháo de gōng
在中国历史上被称为"四大美女"之一的王昭君原是汉朝的宫

nǚ tā jià gěi le běi bù de mùmín xiōng nú rén de kè hán jǐn guǎn yǔ xiōng nú hé qīn de nǚ zǐ yǒu hěn
女。她嫁给了北部的牧民、匈奴人的可汗。尽管与匈奴和亲的女子有很

duō kě wángzhāojūn què shì wéi yī yí gè zì yuàn jià chū qù de hàn nǚ
多，可王昭君却是惟一一个自愿嫁出去的汉女。

gōngyuánqián nián xiōng nú rén xiǎng yǔ hàn jiàn lì qīn shàn guān xì kè hán qīn zì lái dào hàn cháo
公元前33年，匈奴人想与汉建立亲善关系。可汗亲自来到汉朝

de shǒu dū cháng'ān qǐng qiú hàn yuán dì jiāng gōng zhǔ xǔ pèi gěi tā zài dāng shí yòng zhè zhǒng fāng fǎ
的首都长安，请求汉元帝将公主许配给他。在当时，用这种方法

princess as a bride. This was a frequently used way of cementing relations in those days.

Emperor Yuan said he would send one of his imperial court ladies and marry her off like his own daughter. He asked for a volunteer. The idea of leaving their homeland and comfortable life at the court for the grasslands of the far and unknown north was abhorrent to most of the young women. But not to Wang Zhaojun: she regarded it as a chance to leave the empty palace life and possibly play a more important role than she ever had in Chang'an. So she applied.

cù jìn liǎngguóguān xì shì hěn pǔ biàn de shì qing
促进两国关系是很普遍的事情。

hànyuán dì shuō tā jiāngxuǎnsòng yí gè gōng nǚ xiàng jià qīn shēng nǚ ér yí yàngjiāng tā jià gěi kè
汉元帝说他将选送一个宫女，像嫁亲生女儿一样将她嫁给可

hán tā wènyǒushuíyuàn yì qiánwǎng duì yú duōshù fù nǚ lái shuō lí kāi zì jǐ de jiā xiāng hé shū shì de
汗。他问有谁愿意前往。对于多数妇女来说，离开自己的家乡和舒适的

huánggōngshēnghuó dàoyáoyuǎnwèi zhī de běi fāngcǎoyuándōu shì nán yǐ jiē shòu de shì qing wángzhāojūnquè
皇宫生活，到遥远未知的北方草原都是难以接受的事情。王昭君却

bù rán tā rènwéi lí kāihuánggōngshēnghuó kě nénghuì bǐ zài cháng'ān fā huī gèng dà zuòyòng yú shì tā
不然，她认为离开皇宫生活可能会比在长安发挥更大作用，于是她

dā yingqiánwǎngxiōng nú hé qīn
答应前往匈奴和亲。

The Khan was very happy about getting such a beautiful lady as his wife. Saying farewell to her hometown and the palace, Wang Zhaojun left to begin a new life in the far north. It took a very short time for her to get used to the new environment, as the Huns people showed great respect to their new queen.

Wang Zhaojun convinced her husband to stay peaceful with the Hans, as she introduced Han culture and traditions to the Huns. Due to Wang Zhaojun's efforts, the Huns and the Hans never had a war in the next sixty years.

qǔ dàozhèyàng yí wèipiàoliang de gōngzhǔzuò qī zi kè hán fēi chánggāoxìng wángzhāojūngàobié le
娶到这样一位漂亮的公主作妻子，可汗非常高兴。王昭君告别了
gù xiāng hé huánggōng zài yáoyuǎn de běifāngkāi shǐ le quánxīn de shēnghuó tā hěnkuài shì yìng le xīn de
故乡和皇宫，在遥远的北方开始了全新的生活。她很快适应了新的
huánjìng xiōng nú rén duì zhè wèi xīnhuánghòu fēi chángjìngzhòng
环境，匈奴人对这位新皇后非常敬重。

wángzhāojūnjiāngzhōngyuán de wénhuà yǔ chuántǒng jiè shào gěi xiōng nú tā shuō fú zhàng fu yǔ hàncháo
王昭君将中原的文化与传统介绍给匈奴，她说服丈夫与汉朝
bǎochí yǒuhǎoguān xì yóu yú wángzhāojūn de nǔ lì xiōng nú yǔ hàncháo hé mù xiāngchǔ zài hòu lái de
保持友好关系。由于王昭君的努力，匈奴与汉朝和睦相处，在后来的
liù shí nián lǐ cóngwèi fā shēngguòzhànzhēng
六十年里从未发生过战争。

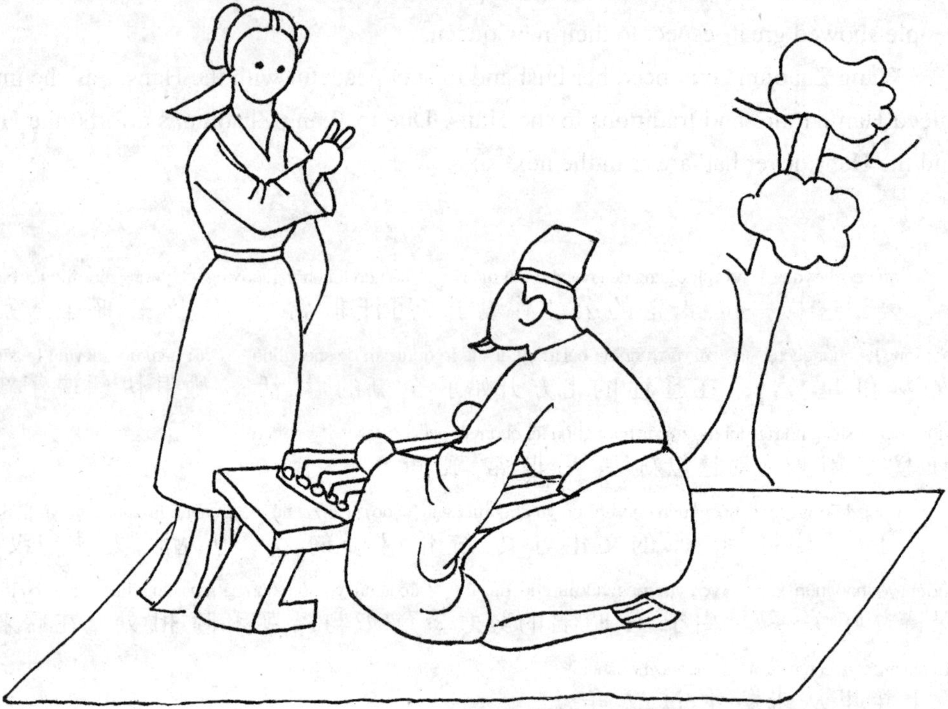

Wenji Told the Broken Strings
文姬辨琴

〖Wenji Told the Broken Strings〗

Cai Wenji was a famous talented woman of Eastern Han Dynasty. She was knowledgeable and eloquent, skilled in music, and also excelled in calligraphy. One deep mid-night, at the age of six, she was woken up by the rhythmic and dynamic music, and then listened attentively. It was her father Cai Yong who was playing stringed instrument

wén jī biànqín

文姬辨琴

cài wén jī shì dōnghàn shí qī yǒumíng de cái nǚ, tā bù jǐn jīngtōng yīnyuè, bó xué shànbiàn, ér qiě zài
蔡文姬是东汉时期有名的才女，她不仅精通音乐，博学善辩，而且在

shū fǎ fāngmiàn yě hěnshàncháng。zài tā liù suì shí, yì tiānshēn yè, tā bèi kēngqiāngyǒu lì de qínshēng
书法方面也很擅长。在她六岁时，一天深夜，她被铿锵有力的琴声

chǎoxǐng le, biàn cè ěr língtīng qǐ lái。yuán lái shì fù qīn cài yōng zài fǔ qín fàngsōng zì jǐ。hū rán,
吵醒了，便侧耳聆听起来。原来是父亲蔡邕在抚琴放松自己。忽然，

to relax himself. Suddenly, with a big sound, one string her father played was broken. Little Wenji heard the sound and said immediately, "I guess the broken string was the second one. Am I right?" Cai Yong was surprised and asked, "Why are you still awake? You may just make a guess again which string I will break." The father wanted to test his daughter's judgment and broke another string deliberately. On hearing the sound, little

bēng de yì shēngxiǎng fù qīn tán zòu de qín xián duàn le yì gēn xiǎowén jī tīngdào le duànxián zhī
"嘣"的一声响，父亲弹奏的琴弦断了一根。小文姬听到了断弦之
yīn mǎshàngshuō wǒ cāi nín tán duàn de shì dì èr gēnxián duì bu duì cài yōng dà chī yì
音，马上说："我猜您弹断的是第二根弦，对不对？"蔡邕大吃一
jīng wèndào nǚ ér zěnme hái méi shuìjiào nǐ zài cāi cāi wǒ yòu tán duàn de shì dì jǐ gēn fù qīn
惊，问道："女儿怎么还没睡觉？你再猜猜我又弹断的是第几根？"父亲
xiǎng shì shi nǚ ér de pàn duàn lì biàn yòu gù yì bō duàn le yì gēn xián xiǎowén jī tīng hòu dà shēng
想试试女儿的判断力，便又故意拨断了一根弦。小文姬听后大声

Wenji said loudly, "The second broken string must be the fourth one!" And this time she was just right again. Cai Yong was amazed at her talent for music. From then on, he taught Cai Wenji to play the stringed instrument heart and soul, and made her an excellent musician.

shuō yòu duàn de yí dìng shì dì sì gēn xián cài yōng yí kàn sī háo bú chà tā zhèn jīng yú nǚ ér de
说："又断的一定是第四根弦！"蔡邕一看丝毫不差。他震惊于女儿的

yīn yuè tiān fèn cóng cǐ biàn jìn xīn jiào dǎo nǚ ér xué qín shǐ cài wén jī chéng wéi le chū sè de yīn yuè jiā
音乐天分，从此便尽心教导女儿学琴，使蔡文姬成为了出色的音乐家。

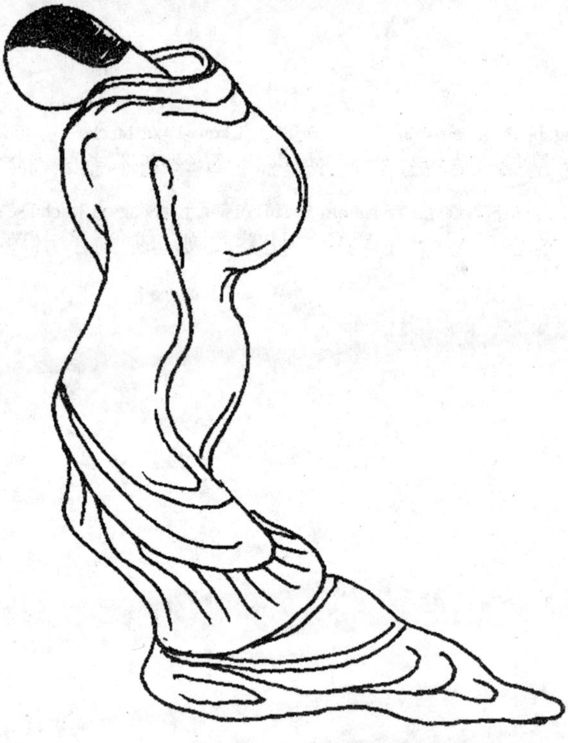

The Story of Su Liu
宿瘤的故事

〖The Story of Su Liu〗

There lived an ugly girl in Qi. Since she had a tumor in her neck, she was called Su Liu by others. Because of it, people kept away from her.

sù liú de gù shì

宿瘤的故事

zài qí guózhùzhe yí gè chǒu nǚ yīnwèi qí jǐngxiàngxiàzhǎng le yí gè dà liú zi suǒ yǐ dà jiā jiù

在齐国住着一个丑女，因为其颈项下长了一个大瘤子，所以大家就

chēng tā sù liú nǚ rénmenyīn cǐ ér shūyuǎn tā

称她宿瘤女。人们因此而疏远她。

Once King Min went on a sightseeing tour to the suburbs. All the people crowded along the road while Su Liu concentrated on picking mulberry leaves. As she was called before the emperor, she explained she was doing her job whole-heartedly without noticing anything else. King Min thought her a virtuous woman and wanted to take her back. And unexpectedly, she refused and said she should ask her parents' permission first. King Min respected her will and held a grand wedding ceremony for her.

yí cì qí mǐn wáng chū yóu nán nǚ lǎo yòu dōu jù jí lù páng ér sù liú nǚ què jì xù cǎi sāng
一次，齐愍王出游，男女老幼都聚集路旁，而宿瘤女却继续采桑。
dāng sù liú nǚ bèi jiào dào qí mǐn wáng miàn qián wèn qí jiū jìng shí tā huí dá shuō tā zài zhuān xīn zhì zhì de cǎi
当宿瘤女被叫到齐愍王面前问其究竟时，她回答说她在专心致志地采
sāng bù céng liú yì qí tā de shì qing mǐn wáng rèn wéi tā shì bù kě duō dé de xián shū nǚ zǐ zhǔn bèi zài
桑，不曾留意其他的事情。愍王认为她是不可多得的贤淑女子，准备载
tā huí gōng bú liào què zāo dào sù liú nǚ de jù jué sù liú nǚ shuō tā yīng xiān bǐng míng fù mǔ zài zuò shāng
她回宫，不料却遭到宿瘤女的拒绝。宿瘤女说她应先禀明父母再做商
liang qí mǐn wáng wán quán zūn zhòng tā de yì yuàn wèi tā jǔ xíng le shèng dà de hūn lǐ
量。齐愍王完全尊重她的意愿，为她举行了盛大的婚礼。

Later she assisted King Min in governing the country and brought peace and prosperity to the country and people.

hòu lái sù liú nǚ fǔ zuǒ qí mǐn wáng guǎn lǐ cháo zhèng gěi guó jiā hé rén mín dài lái le chāng shèng yǔ
后来，宿瘤女辅佐齐愍王管理朝政，给国家和人民带来了昌盛与

fán róng
繁荣。

Wu Yan—the Ugly Concubine
丑女无盐

〖Wu Yan—the Ugly Concubine〗

During the Spring and Autumn Period, an ugly but virtuous and talented woman became an imperial concubine in a kingdom called Qi. It is said this girl was very ugly, her eyes sank deep in her face, her sparse hair could hardly cover her head; and her skin was as dark as pitch. Born in Wu Yan, she was named after the place. Since she was so bad-looking, she lived alone until 40.

chǒu nǚ wú yán

丑女无盐

chūn qiū shí qī céng yǒu yí gè shēng de chǒu lòu què dé cái chū zhòng de nǚ zǐ chéng wéi qí guó de wáng
春秋时期，曾有一个生得丑陋却德才出众的女子成为齐国的王

hòu jù shuō zhè nǚ zǐ shēng lái qí chǒu āo yǎn tū tóu pí fū qī hēi tā shēng zài wú yán hòu
后。据说，这女子生来奇丑，凹眼，秃头，皮肤漆黑。她生在无盐，后

rén biàn chēng tā wú yán yóu yú tā tiān shēng chǒu lòu suǒ yǐ dào suì hái méi yǒu chū jià
人便称她“无盐”。由于她天生丑陋，所以到40岁还没有出嫁。

At that time wars surged up among the kingdoms from time to time. Civilians were encouraged by law to offer valuable advice. Anyone with good advice was permitted to see the king. One day Wu Yan summoned up courage and went to see King Xuan. When she was presented at court, she said, "Your Majesty, I would like to be at your service since our country is in great danger."

dāngshí gè guó zhī jiān zhàn zhēng bú duàn lí mín bǎi xìng zhǐ yào duì guó jiā yǒu hǎo de jiàn yì jiù kě
当时，各国之间战争不断，黎民百姓只要对国家有好的建议，就可

yǐ zhí jiē qiú jiàn guó jūn xiàn jì xiàn cè yǒu yì tiān wú yán gǔ zú yǒng qì qiú jiàn qí xuān wáng tā
以直接求见国君，献计献策。有一天，无盐鼓足勇气，求见齐宣王。她

lái dào diàn qián duì qí xuān wáng shuō bì xià wǒ men chǔ yú dà wēi xiǎn zhōng wǒ yuàn fǔ zuǒ bì
来到殿前，对齐宣王说："陛下，我们处于大危险中，我愿辅佐陛

xià tīng cóng chāi qiǎn
下，听从差遣！"

King Xuan looked at her face and frowned. However, Wu Yan explained with confidence: “Our country has been threatened by the neighboring states, Qin and Chu, both of which are getting stronger. It is a moment of life and death to our nation. But you haven’t got aware of the danger yet.” The king was struck dumb with her words. Since then he began to take more of Wu Yan’s advice and gave up his luxurious life. The state of Qi gradually grew prosperous as the king put himself in efforts to work on the government issues. Wu Yan became the king’s concubine, known later as the famous “ugly concubine” in Chinese history books.

qí xuān wáng jiàn dào zhè ge chǒu lòu de nǚ rén jīn bu zhù zhòu méi wú yán què kǎn kǎn dào lái qín
齐宣王见到这个丑陋的女人，禁不住皱眉。无盐却侃侃道来：“秦
guó chǔ guó duì qí guó hǔ shì dān dān qí guó nèi wài jiāo kùn shēng sǐ yōu guān qí wáng nín què sī háo méi
国、楚国对齐国虎视眈眈，齐国内外交困、生死攸关，齐王您却丝毫没
yǒu yì shí dào zhè yì diǎn qí wáng rú tóng dāng tóu bàng hè měng rán xǐng wù cóng cǐ qí wáng bú zài
有意识到这一点！”齐王如同当头棒喝，猛然醒悟。从此，齐王不再
tān liàn jiǔ sè cǎi nà le wú yán de xǔ duō jiàn yì chóng xīn zhì lǐ guó jiā yú shì qí guó zhú jiàn qiáng dà qǐ
贪恋酒色，采纳了无盐的许多建议重新治理国家，于是齐国逐渐强大起
lái ér chǒu nǚ wú yán yě bèi fēng wéi wáng hòu chéng wéi hòu lái de shǐ shū zhōng yǒu míng de chǒu huáng
来。而丑女无盐也被封为王后，成为后来的史书中有名的“丑皇
hòu
后”。

Daoyun's Poem of Catkins
道韫咏絮

〖Daoyun's Poem of Catkins〗

Xie Daoyun was a famous talented woman of Eastern Jin Dynasty. She was born in a distinguished family and received good education. With her talent and intelligence, she displayed excellent scholarship since her childhood. In a winter, with snow flying in the sky, the juniors of the Xie family were sitting around the stove and discussed poems and

dàoyùnyǒng xù

道韫咏絮

xiè dàoyùn shì dōng jìn shí yǒumíng de cái nǚ tā chūshēnwàng zú jiē shòu le liánghǎo de jiào yù zài jiā shangtiān zī cōngyǐng cóngxiǎo jiù biǎoxiànchū le guòrén de cái xué yǒu yì niándōngtiān tiānkōngzhōng xuěhuā fēn fēn yángyáng xiè jiā zǐ dì zhèngwéizuò zài huǒ lú pángtán shī lùn wén xuěyuè xià yuè dà dāngshí

谢道韫是东晋时有名的才女。她出身望族，接受了良好的教育，再加上天资聪颖，从小就表现出了过人的才学。有一年冬天，天空中雪花纷纷扬扬，谢家子弟正围坐在火炉旁谈诗论文。雪越下越大，当时

articles. It snowed more and more heavily. Xie An, the Prime Minister at that time, asked his nephews and nieces with a smile, "What is the falling snow like?" A nephew answered, "It's like white salt falling from the sky." Hearing the answer of the nephew, Xie An said nothing. Xie Daoyun then answered, "The snow is like willow catkins dancing

dānrèn zǎi xiàng de xiè ān xiào le xiào wèn zài zuò de zhí ér zhí nǚ men bái xuě fēn fēn hé suǒ sì yì
担任宰相的谢安笑了笑，问在座的侄儿侄女们："白雪纷纷何所似？"意

si jiù shì shuō dà xuě fēn fēn ér xià xiàng shén me yàng zi yí gè zhí zi huí dá dào sǎ yán kōng zhōng chà kě
思就是说大雪纷纷而下像什么样子。一个侄子回答道："撒盐空中差可

nǐ yì si shì shuō xiàng shì kōng zhōng sǎ xià de yì bǎ bái huā huā de yán xiè ān tīng le zhí zi de huí dá
拟。"意思是说像是空中撒下的一把白花花的盐。谢安听了侄子的回答

hòu méi yǒu shuō shén me xiè dào yùn suí jí dá dào wèi ruò liǔ xù yīn fēng qǐ yì si shì shuō xuě huā
后，没有说什么。谢道韫随即答道："未若柳絮因风起。"意思是说雪花

with the spring wind." Hearing Xie Daoyun's answer, Xie An applauded, and appreciated greatly her talent for literature. Since then, people called talented women in literature "a talent with the ability to make a poem of catkins".

jiù xiàng chūn tiān suí fēng qǐ wǔ de liǔ xù tīng le xiè dào yùn de huí dá xiè ān yí miàn gǔ zhǎng yí miàn
就像春天随风起舞的柳絮。听了谢道韫的回答，谢安一面鼓掌，一面

duì xiè dào yùn de wén xué cái huá zàn shǎng bù yǐ cǐ hòu rén men biàn chēng yǒu wén xué cái néng de nǚ zǐ wéi
对谢道韫的文学才华赞赏不已。此后，人们便称有文学才能的女子为

yǒng xù zhī cái
"咏絮之才"。

〖Power of Skirts〗

In the Liangshan Mountain area, two groups of young men from the Chinese Yi Ethnic were fully armed with bows, sticks and spears. A violent fight was to break out. Suddenly, a middle-aged woman dressed in a skirt edged with lace came up to them. The sharp spears almost touched her body, but she remained calm and shook her skirt as if she were signaling. The fighters were all astonished by her sudden act. They stopped and slowly lowered their arms, watching the waving of the skirt. After a moment's silence,

qún zi de lì liàng

裙子的力量

zài liángshānshān qū yí zú liǎng gè bù luò de niánqīngrénzhèngkuàzhegōngjiàn chíbàng hé jǐ yì
在凉山山区，彝族两个部落的年轻人正挎着弓箭、持棒和戟，一
chǎngxiè dòu yí chù jí fā tū rán yí gè chuānzhuó yì tiáoxiāngqiànzhehuābiān de qún zi de zhōngnián fù
场械斗一触即发。突然，一个穿着一条镶嵌着花边的裙子的中年妇
nǚ lái dào tā menzhōngjiān jiān ruì de lì qì jī hū chù jí dào tā de shēn tǐ ér tā quèbiǎoxiàn de shí fēn
女来到他们中间。尖锐的利器几乎触及到她的身体，而她却表现得十分
píngjìng wǔdòngzhechángqún fǎng fú zài fā chūshénme xìnhào dòushì menbèi zhè tū fā de chǎngmiànjīng
平静，舞动着长裙，仿佛在发出什么信号。斗士们被这突发的场面惊
dāi le tā mentíngzhǐ jìn gōng mànmànfàngxià wǔ qì guānkànzhe tā de chángqúnmàn wǔ chénmò piàn
呆了。他们停止进攻，慢慢放下武器，观看着她的长裙曼舞。沉默片

the heads of both sides ordered to withdraw.

Who was that woman? A powerful authority from a village? No! She was only an ordinary woman. As a matter of fact, one group of the young men were from her husband's village and the other from her own. According to the custom of Yi people, if an armed fight ever happened between two villages, no man from either village dared go to the border at the risk of being kidnapped or killed. Women, however, were exceptional. As usual, they could work in fields along the border or visit relatives and friends in the

kè hòu shuāngfāng de tóur biàn gè zì xià le chè tuì lìng
刻后，双方的头儿便各自下了撤退令。

nà ge fù nǚ shì shuí tā shì cūn lǐ de quánwēi rén shì ma bù tā zhǐ shì yí gè pǔ tōng de fù nǚ
那个妇女是谁？她是村里的权威人士吗？不，她只是一个普通的妇女。
shí jì shang duì zhì de shuāngfāng yì fāng lái zì tā pó jia de cūn luò yì fāng lái zì tā niáng jia de cūn luò
实际上对峙的双方一方来自她婆家的村落，一方来自她娘家的村落。
gēn jù yí zú de fēng sú rú guǒ shuāngfāng fā shēng xiè dòu jiù méi yǒu rén gǎn mào zhe bèi bǎng jià huò bèi shā
根据彝族的风俗，如果双方发生械斗，就没有人敢冒着被绑架或被杀
sǐ de wēi xiǎn zài tà rù lìng yí gè cūn luò rán ér nǚ rén què kě yǐ lì wài tā men kě yǐ xiàng wǎng cháng
死的危险再踏入另一个村落。然而女人却可以例外。她们可以像往常
yí yàng yán zhe cūn jiè zài tián lǐ gàn huó huò zhě fǎng qīn huì yǒu ér bú huì yǒu shén me wēi xiǎn rú guǒ lìng yì chǎng
一样沿着村界在田里干活或者访亲会友而不会有什么危险。如果另一场

opposite village without being endangered. If another war happened, any woman from the related village could mediate in it by standing between the fighting parties. Her action was usually respected. If both of the two sides ignored her advice, she would put off her skirt and stand naked before them until she committed suicide for honor and peace. If such an event did happen, the side who insisted on the war would be condemned and as a result, more people would join the war. As wars on large scale were discouraged, the brave woman's advice was often favored by the fighters.

xiè dòu jí jiāng fā shēng rèn hé yì fāng de fù nǚ dōu kě yǐ zhàn zài duì zhì shuāng fāng de zhōng jiān tā de
械斗即将发生，任何一方的妇女都可以站在对峙双方的中间。她的
xíng wéi tōng cháng huì shòu dào zūn zhòng rú guǒ shuāng fāng bù lǐ cǎi tā tā jiù huì tuō xià qún zi chì shēn zhàn
行为通常会受到尊重。如果双方不理睬她，她就会脱下裙子赤身站
zài nà li zhí dào wèi le míng yù ér zì shā rú guǒ zhè lèi shì qing fā shēng de huà jiān chí dǎ zhàng de yì
在那里，直到为了名誉而自杀。如果这类事情发生的话，坚持打仗的一
fāng jiù huì shòu dào qiǎn zé ér qiě huì yǒu gèng duō de rén jiā rù zhàn dòu dà guī mó de zhàn zhēng shì zhāo rén
方就会受到谴责，而且会有更多的人加入战斗。大规模的战争是招人
fǎn duì de yǒng gǎn nǚ shì de zhōng gào tōng cháng shòu dào dòu shì men de shǒu kěn
反对的，勇敢女士的忠告通常受到斗士们的首肯。

Mulan Joined the Army
木兰从军

〖Mulan Joined the Army〗

In the last years of Northern Wei Dynasty, the peripheral minorities became stronger and stronger. In order to cope with them, the royal government often needed to conscript massively to strengthen the border defense. Although Hua Mulan was a girl, she followed her father to learn reading and writing, as well as good skills in Kungfu. One day, the

mù lán cóng jūn
木兰从军

běi wèi mò nián dāng shí zhōu biān de shǎo shù mín zú rì yì qiáng dà cháo tíng wèi le duì fu tā men
北魏末年，当时周边的少数民族日益强大，朝廷为了对付他们，
cháng cháng yào dà liàng zhēng bīng jiā qiáng biān fáng huā mù lán suī rán shì gè nǚ hái dàn cóng xiǎo gēn fù qīn xué
常常要大量征兵加强边防。花木兰虽然是个女孩，但从小跟父亲学
xí dú shū xiě zì ér qiě hái liàn de yì shēn hǎo wǔ yì yì tiān chāi yì sòng lái le zhēng bīng de tōng zhī
习读书写字，而且还练得一身好武艺。一天，差役送来了征兵的通知，

messenger sent the conscription notice to her family to draft her father into the army. Mulan had no elder brother, and her younger brother was still too young. She didn't have the heart to see her old father suffer, so she decided to disguise herself as a man and join the army instead of her father. Mulan reached the northern border along with the army. She had to be careful everywhere, for fear that others would have discovered her secret.

yàozhēng fù qīn qù dāngbīng mù lánméi yǒu gē ge dì di yòunián jì shàngxiǎo tā bù rěn xīn kànzhenián
要征父亲去当兵。木兰没有哥哥，弟弟又年纪尚小。她不忍心看着年

mài de fù qīn qù shòu kǔ yú shì jué dìng nǚ bànnánzhuāng dài fù cóngjūn mù lán suí zhe jūn duì dào dá běi
迈的父亲去受苦，于是决定女扮男装，代父从军。木兰随着军队到达北

fāngbiānjìng tā chùchùxiǎoxīn wéi kǒngbié rén fā xiàn tā de mì mì zài zhànchǎngshang tā píng jiè yì
方边境。她处处小心，惟恐别人发现她的秘密。在战场上，她凭借一

In the battlefield, with her excellent skills in Kungfu, she always charged toward the enemy firstly and did great contributions repeatedly. After the war, the Emperor wanted to award her. But Mulan accepted nothing but a flying horse to get back home and reunite with her family. She led a happy life with her family from then on.

shēnhǎo wǔ yì chōngfēng zài qián lǚ lì qí gōng zhànzhēng jié shù shí huáng dì yào gěi tā shǎng cì
身好武艺，冲锋在前，屡立奇功。战争结束时，皇帝要给她赏赐。
kě shì mù lán shén me dōu bú yào zhǐ shì yào le yì pǐ kuài mǎ gǎn huí jiā zhōng yǔ jiā rén tuán jù cóng cǐ
可是木兰什么都不要，只是要了一匹快马赶回家中，与家人团聚。从此，
huā mù lán guò shàng le ān níng xìng fú de shēng huó
花木兰过上了安宁幸福的生活。

Huang Daopo
黄道婆

〖Huang Daopo〗

Huang Daopo was born in late Song Dynasty, which was full of disasters and catastrophes. In her hometown, Songjiang, the soil was infertile, which produced little grain. People there could hardly eke out their living, and many of them managed with efforts to survive through growing cotton and weaving cloth.

huángdào pó

黄道婆

huángdào pó chūshēng zài nánsòng mò nián nà duō zāi duō nàn de shí dài tā de jiā xiāng sōng jiāng tǔ dì
黄道婆出生在南宋末年那多灾多难的时代。她的家乡松江，土地

pín jí liáng gǔ duǎn quē bǎi xìng gèng shì nán yǐ dù rì bù shǎo rén dōu kào zhòng zhí mián hua fǎng zhī mián
贫瘠，粮谷短缺，百姓更是难以度日，不少人都靠种植棉花、纺织棉

bù miǎn qiǎng hú kǒu
布勉强糊口。

Huang Daopo was married as a child bride because of her family's poverty. She went out to work in the field early in the morning everyday, and came back home exhaustedly to resume her weaving. But because of the backward textile technology, she always fell into sleep while weaving. As a result, she would be beaten by her husband. At last, she could not bear this kind of life any more, and escaped to Hainan by herself.

huáng dào pó zì yòu chū shēn pín kǔ zǎo zǎo bèi jiā rén jià zuò tóng yǎng xí tā měi tiān zǎo zǎo chū mén dào
黄道婆自幼出身贫苦，早早被家人嫁作童养媳。她每天早早出门到
dì li gàn huó wǎn shang yòu yào tuō zhe pí bèi de shēn zi huí dào jiā lǐ zhī bù kě shì yóu yú dāng shí de fǎng
地里干活，晚上又要拖着疲惫的身子回到家里织布。可是由于当时的纺
zhī jì shù luò hòu zhī zhe zhī zhe yǎn pí jīng cháng bù yóu de hé dào le yì qǐ jié guǒ jiù huì zhāo lái zhàng fu
织技术落后，织着织着眼皮经常不由得合到了一起，结果就会招来丈夫
de yí zhèn dú dǎ zhōng yú yǒu yì tiān huáng dào pó zài yě rěn shòu bù liǎo zhè yàng de shēng huó zhī shēn táo
的一阵毒打。终于有一天，黄道婆再也忍受不了这样的生活，只身逃
dào le hǎi nán
到了海南。

She learned a lot of advanced weaving skills from the local Li minority there. More than twenty years passed in a flash. Huang Daopo missed her hometown more and more frequently. With the blessings from the local people, she carried the weaving tools on her back and went back to her hometown. With her teaching, the weaving skills in her hometown were improved greatly, and people there could also wear kinds of splendid, colorful cotton-weaved clothing.

zài nà li tā gēndāng dì de lí zú rénmínxuéhuì le xǔ duōxiānjìn de fǎngzhī jì shù zhuǎnyǎn èr shí
在那里，她跟当地的黎族人民学会了许多先进的纺织技术。转眼二十
duōniánguò qù le huángdào pó quèyuè fā de sī niàn qǐ gù xiāng zuì hòuzài lí zú xiāngqīnmen de zhù fú
多年过去了，黄道婆却越发地思念起故乡。最后在黎族乡亲们的祝福
shēngzhōng tā shēnbēi fǎngzhī gōng jù fǎnhuí le jiāxiāng zài tā de jiàoshòuxià dāng dì de fǎngzhī jì shù
声中，她身背纺织工具返回了家乡。在她的教授下，当地的纺织技术
dé dào le jí dà de tí gāo lǎobǎi xìng yě néngchuānshàng gè zhǒng gè yàng wǔ cǎi bīn fēn měi lì xiānyàn
得到了极大的提高，老百姓也能穿上各种各样、五彩缤纷、美丽鲜艳
de mián bù yī fu le
的棉布衣服了。

Diligent Learners

黾勉求学

Giving up Halfway
半途而废

〖Giving up Halfway〗

In the Warring States Period, a man called Yue Yangzi lived in the State of Wei. His wife was very angelic and virtuous, who was loved and respected dearly by the husband. Yue Yangzi's wife convinced him to go to a distant place to study classics. After Yue Yangzi's leaving, even though missing him deeply, Yue Yangzi's wife was willing to sacrifice it for her husband's career.

bàn tú ér fèi

半途而废

zhànguóshí qī wèiguóyǒu gè jiàozuòyuèyáng zǐ de rén yuèyáng zǐ de qī zi bù jǐn zhī shū dá lǐ

战国时期，魏国有个叫作乐羊子的人。乐羊子的妻子不仅知书达理

ér qiě qín láo xián huì suǒ yǐ yuèyáng zǐ duì tā hěnjìngzhòng zài qī zi de quànshuō xià yuèyáng zǐ

而且勤劳贤惠，所以乐羊子对她很敬重。在妻子的劝说下，乐羊子

shōushi hǎoxíng li chūyuǎnmén qù qiúxué yuèyáng zǐ zǒuhòu qī zi hěnshì sī niànzhàng fu dàn tā gān

收拾好行李，出远门去求学。乐羊子走后，妻子很是思念丈夫，但她甘

yuànwèi le zhàng fu de xué yè ér mò mò fèngxiànzhe

愿为了丈夫的学业而默默奉献着。

One day, his wife was weaving on the loom. She suddenly heard a knock on the door. Surprisingly, it was Yue Yangzi. The wife was very excited about his coming back. She asked, “Why have you come back so soon? Have you finished your studies?” The husband said, “No, I haven't. But I have missed you so much that I had to drop it to come back to see you.” The wife got very disappointed. She suddenly picked up a pair of scissors and cut down what she had woven on the loom, which made Yue Yangzi very puzzled. His wife declared, “If something is stopped halfway, it is just like the cut cloth

yì tiān qī zi zhèngzài zhī bù hū rán tīng jiàn yǒu rén qiāo mén zhàn zài miàn qián de jìng rán shì yuè yáng
一天，妻子正在织布，忽然听见有人敲门。站在面前的竟然是乐羊

zǐ jiàn dào zì jǐ rì yè xiǎng niàn de zhàng fu qī zi hěn gāo xìng wèn dào zhè me kuài jiù huí lái
子。见到自己日夜想念的丈夫，妻子很高兴，问道：“这么快就回来

le nǐ yǐ jīng xué chéng le yuè yáng zǐ wàng zhe qī zi huí dá shuō méi yǒu zhǐ shì yīn wèi tài
了，你已经学成了？”乐羊子望着妻子，回答说：“没有，只是因为太

xiǎng niàn nǐ le suǒ yǐ bù dé bù zhōng tú huí lái kàn nǐ qī zi tīng le fēi cháng shī wàng tū rán
想念你了，所以不得不中途回来看你。”妻子听了非常失望。突然

tā zhuā qǐ jiǎn dāo zǒu dào zhī bù jī qián bǎ zhī le yí dà bàn de bù dōu jiǎn duàn le yuè yáng zǐ duì cǐ
她抓起剪刀，走到织布机前，把织了一大半的布都剪断了。乐羊子对此

kùn huò bù jiě qī zi shuō rú guǒ zuò shén me dōu bàn tú ér fèi nà jiù xiàng jī zhù shang jiǎn duàn de bù
困惑不解。妻子说：“如果做什么都半途而废，那就像机杼上剪断的布

on the loom. The cloth will only be useful if finished. But now, it has been nothing but a mess, and so is it in your study."

Yue Yangzi was greatly moved by his wife. He left home resolutely and went on with his study. He didn't return home to see his beloved wife until gaining great achievements seven years later.

yí yàng bù zhǐ yǒu zhī chéng bù pǐ cái huì yǒu yòng ér xiàn zài tā luàn qī bā zāo shén me dōu bú shì zhè
一样。布只有织成布匹才会有用。而现在它乱七八糟，什么都不是，这
zhèng xiàng nǐ de xué yè yí yàng
正像你的学业一样。"

yuè yáng zǐ tīng le zhè huà huǎng rán dà wù tā zài cì lí kāi jiā qù qiú xué zhěng zhěng guò le qī nián
乐羊子听了这话，恍然大悟。他再次离开家去求学，整整过了七年
zhōng yú xué yè yǒu chéng zhè cái huí dào jiā zhōng yǔ qī zi tuán jù
终于学业有成，这才回到家中与妻子团聚。

Zheng Banqiao's Way of Learning
郑板桥读书

〖Zheng Banqiao's Way of Learning〗

Zheng Banqiao was a famous artist in Qing Dynasty. His paintings, poems and books were called "Three Uniqueness". Without others teaching him, he was only taught by his father since his childhood. He was not outstanding when he was a little boy. When he grew older, although getting taller, he was plain in appearance and no one thought he

zhèngbǎnqiáo dú shū

郑板桥读书

zhèngbǎnqiáo shì qīngdài zhùmíng de yì shù jiā tā de huà shī shū bèi yù wéi sānjué tā
郑板桥是清代著名的艺术家，他的画、诗、书被誉为“三绝”。他

zì yòu cóng wèi shòu guò rèn hé míng shī zhǐ diǎn zhǐ shì gēnzhe fù qīn xué xí xiǎo shí hou de tā bìng méi yǒu shén
自幼从未受过任何名师指点，只是跟着父亲学习。小时候的他并没有什

me guò rén zhī chù suí zhe nián jì de zēngzhǎng zhèngbǎnqiáo suī rán zhǎng gāo le xiē dàn xiàng mào píng
么过人之处。随着年纪的增长，郑板桥虽然长高了些，但相貌平

would make any great achievements. But Zheng Banqiao was diligent and assiduous in reading. From obvious to abstruse, from easy to difficult, he chose the books with beneficial contents and read them again and again. In this way, he could get into the profound artistic conception of the ancients. People all said that he got all his attainments just because that he was good at memorizing while reading. In fact, what he was good at was

píng méirénxiǎngdào tā huìyǒushénme jīngrén de chéngjiù kě shì zhèngbǎnqiáo dú shūquè fēi chángqín fèn kè
平，没人想到他会有什么惊人的成就。可是郑板桥读书却非常勤奋刻
kǔ cóngqiǎndàoshēn cóng yì dàonán tā zǒngshì xuǎn zé nèiróngyǒu yì de tú shū fǎn fù yuè dú màn
苦，从浅到深，从易到难，他总是选择内容有益的图书，反复阅读，慢
màn de jiùnéng tǐ huì dào gǔ rénzhùshū de shēn ào jīngsuǐ le shì réndōushuō tā suǒ qǔ dé de chéngjiù shì yuán
慢地就能体会到古人著书的深奥精髓了。世人都说他所取得的成就是缘
yú tā dú shūshàn yú jì yì qí shí tā bìng bú shì shàn yú jì yì ér shì shàn yú sòng dú zhèngbǎnqiáoměi
于他读书善于记忆。其实他并不是善于记忆，而是善于诵读。郑板桥每

not memorizing but adopting the appropriate ways of reading. When he read a book, he would read it many times. No matter he was in a boat, riding a horse, in bed or eating, he would always read books silently. Through his constant efforts, Zheng Banqiao became a great master eventually.

dú yì běnshū zǒngyàokànshànghǎoduōbiàn wú lùn shì chéngchuán qí mǎ jiù qǐn zhī qián hái shì zài
读一本书，总要看上好多遍。无论是乘船、骑马、就寝之前，还是在

chī fàn shí tā dōuhuì mò mò sòng dú tōngguò rú cǐ jiān chí bú xiè de nǔ lì zhèngbǎnqiáozhōng yú chéng
吃饭时，他都会默默诵读。通过如此坚持不懈的努力，郑板桥终于成

wéi le yí dài dà jiā
为了一代大家。

Lu Wenshu Copied Books
路温舒抄书

〖Lu Wenshu Copied Books〗

Lu Wenshu was a famous judicial official in Western Han Dynasty. He liked reading since his childhood. But books were all made of silk and very expensive at that time. His family was too poor to afford them. When he was a little boy, Lu Wenshu earned some extra money to help out with household expenses by tending sheep for others. On his way

lù wēnshūchāoshū

路温舒抄书

lù wēnshū shì xī hàn shí zhùmíng de sī fǎ guān tā cóng xiǎo jiù xǐ huan dú shū kě shì dāng shí de shū
路温舒是西汉时著名的司法官。他从小就喜欢读书，可是当时的书

dōu shì yòng juàn bó zhì de fēi cháng áng guì lù wēnshū jiā lǐ yòu qióng méi qián gòu mǎi lù wēnshū xiǎo
都是用绢帛制的，非常昂贵，路温舒家里又穷，没钱购买。路温舒小

shí hou kào tì bié rén fàng yáng zhèng diǎn qián tiē bǔ jiā yòng tā fàng yáng shí jīng cháng lù guò yí piàn chí táng
时侯靠替别人放羊挣点钱贴补家用。他放羊时经常路过一片池塘。

of tending sheep, he always passed a pond. One day, he noticed that the leaves of cattail were wide and big and suddenly got a good idea. He carried a big bundle of leaves back home, cut them into the same size as bamboo slips, weaved them together, and copied the books he borrowed from others on them. With the books made of leaves of cattail, he

yǒu yì tiān tā zhù yì dào chí táng biān shang zhǎng de pú cǎo yòu kuān yòu dà tū rán xiǎng dào le yí gè hǎo bàn
有一天，他注意到池塘边上长的蒲草又宽又大，突然想到了一个好办

fǎ tā bēi huí jiā yí dà kǔn bǎ pú cǎo jié chéng yǔ zhú jiǎn yí yàng de chǐ cùn bìng jiāng qí biān lián zài yì
法。他背回家一大捆，把蒲草截成与竹简一样的尺寸，并将其编联在一

qǐ rán hòu gēn bié rén jiè shū chāo zài shàng mian yǒu le pú biān shū tā jiù kě yǐ yì biān fàng yáng yì biān
起，然后跟别人借书抄在上面。有了蒲编书，他就可以一边放羊一边

could read when tending sheep, and accumulated a lot of knowledge in this way. At last, he became an excellent expert in law.

dú shū le yě yīn cǐ jī lěi le xǔ duō de zhī shi zuì hòu zhōng yú chéng wéi le chū sè de fǎ lǜ zhuān jiā
读书了，也因此积累了许多的知识，最后终于成为了出色的法律专家。

Great Minds Mature Slowly
大器晚成

〖Great Minds Mature Slowly〗

Su Xun was a famous writer of Northern Song Dynasty. He was ranked in the Eight Great Writers in Tang and Song Dynasties with his sons Su Shi and Su Zhe. When he was young, Su Xun was not hard-working in study and muddled along day to day. Until the year he was twenty-seven, he became aroused and said to his wife, "I've measured my-

dà qì wǎnchéng

大器晚成

sū xún shì běi sòng shí qī zhùmíng de wénxué jiā tā yǔ ér zi sū shì sū zhé bèi shì rén tóng liè táng
苏洵是北宋时期著名的文学家，他与儿子苏轼、苏辙被世人同列"唐

sòng bā dà jiā niánqīng shí de sū xún dú shū bù nǔ lì zǒng shì húnhún è è de xū zòng guāng yīn
宋八大家"。年轻时的苏洵，读书不努力，总是浑浑噩噩地虚纵光阴。

zhí dào èr shí qī suì nà nián tā cái yǒu suǒ dùn wù duì qī zi shuō wǒ rèn zhēn shěn shì le zì jǐ jǐn
直到二十七岁那年，他才有所顿悟，对妻子说："我认真审视了自己，尽

self carefully. Although I am middle-aged, if I resolve to study hard, I will still achieve success." One day, there was black smoke coming out from Su Xun's study unceasingly suddenly. The family members were startled and didn't know what had happened. Entering the room, they saw that Su Xun was throwing the drafts he had finished into the stove and determined to start his literary creation from the beginning. Since then, he declined

guǎn yǐ dào le zhōngnián kě rú guǒ xià dìng jué xīn fā fèn dú shū hái shì nénggòu yǒu suǒ jiàn shù yǒu yì
管已到了中年，可如果下定决心发奋读书，还是能够有所建树。”有一
tiān zhǐ jiàn hēi yān bú duàn cóng sū xún de shūfáng yǒngchū jiā lǐ rén dōu hěn chī jīng bù zhī chū le shén me
天，只见黑烟不断从苏洵的书房涌出。家里人都很吃惊，不知出了什么
shì gǎnguò qù kàn shí cái fā xiàn sū xún zhèng bǎ yì dié dié yǐ qián xiě de wéngǎo wǎng huǒ lú li sòng jué
事。赶过去看时，才发现苏洵正把一叠叠以前写的文稿往火炉里送，决
xīn cóng tóu kāi shǐ zì jǐ de wénxué chuàngzuò cóng cǐ tā bì mén xiè kè shǒu bú shì juàn yè yǐ jì rì
心从头开始自己的文学创作。从此，他闭门谢客，手不释卷，夜以继日

any guests and closed the door for his reading day and night, with books in his hand all the time. Having done this for five to six years, he made great progress in writing and became a literary giant. When he was appointed the official of the secretariat by the government, he had already been in his fifties.

de qián xīn dú shū sū xún rú cǐ fā fèn gōng dú le wǔ liù nián zhōng yú wén cái dà jìn chéng wéi yí dài dà
地潜心读书。苏洵如此发愤攻读了五六年，终于文才大进，成为一代大
wén háo dāng cháo tíng rèn mìng tā zuò mì shū shěng jiào shū láng shí tā yǐ jīng nián guò wǔ shí le
文豪。当朝廷任命他作秘书省校书郎时，他已经年过五十了。

Zu Ying Loved Reading
祖莹读书

〖Zu Ying Loved Reading〗

Zu Ying was a man of Northern Wei Dynasty. He liked reading since his childhood. He could read poems and books when he was eight years old, and became a student in the Imperial College at the age of twelve. He was enthusiastic about study and indulged

zǔ yíng dú shū

祖莹读书

zǔ yíngshì běiwèirén cóngxiǎojiù xǐ huan dú shū tā zài bā suì shí jiù nénggòusòng dú shī shū shí èr

祖莹是北魏人，从小就喜欢读书。他在八岁时就能够诵读诗书，十二

suì shí jiù chéngwéi tài xuéxuésheng tā rè ài xué xí chén mí dú shū kàn qǐ shū lái bù fēnzhòu yè tā

岁时就成为太学学生。他热爱学习，沉迷读书，看起书来不分昼夜。他

in reading. When he read books, he would just do it day and night. His parents worried that he would fall ill because of this, so forbade him to be so hard-working. But this could not prevent him. Zu Ying often hid some sparks in the ashes in the kitchen. After his parents fell asleep, he then lit the sparks and began to read books diligently, with clothes and quilt stuffed the window, for fear that the light would have come out and

de fù mǔ dān xīn tā huì yīn cǐ ér bìng dǎo biàn jìn zhǐ tā zhè yàng yòng gōng dàn zhè bìng bù néng zǔ zhǐ zǔ yíng
的父母担心他会因此而病倒，便禁止他这样用功。但这并不能阻止祖莹
de xué xí rè qíng tā jīng cháng tōu tōu de zài chú fáng de huī jìn zhōng cáng qǐ huǒ zhǒng děng dào fù mǔ shuì jiào
的学习热情，他经常偷偷地在厨房的灰烬中藏起火种，等到父母睡觉
hòu jiù rán qǐ huǒ zhǒng kè kǔ dú shū tā dān xīn tòu lòu guāng liàng bèi jiā lǐ rén fā jué biàn yòng yī bèi
后，就燃起火种刻苦读书。他担心透漏光亮，被家里人发觉，便用衣被

been noticed by his family members. In this way, Zu Ying became more and more famous day by day. People all called him "Saint Kid", which meant intelligent child. Because of his study and reading day and night, Zu Ying achieved great attainments in literature.

sāi zhùchuānghu jiù zhèyàng zǔ yíng de míng qì yì tiāntian de dà qǐ lái rénmendōuchēng tā wéi shèng
塞住窗户。就这样，祖莹的名气一天天地大起来，人们都称他为“圣

xiǎo ér yì wéishèngxián de xiǎohái zi zhèngyīnwèi zǔ yíngzhèyàng yè yǐ jì rì de dú shūxué xí tā
小儿”，意为圣贤的小孩子。正因为祖莹这样夜以继日地读书学习，他

cái zài wénxuéfāngmiànyǒu le hěnshēn de zào yì
才在文学方面有了很深的造诣。

Confucius's Feeling of Music

孔子学琴

〖Confucius's Feeling of Music〗

Confucius was a famous thinker and educator in the Spring and Autumn Period. On the other hand, he was also an excellent musician. He could play many instruments, as well as compose and sing songs. Confucius once learnt qin from Shi Xiangzi of the Lu

kǒng zǐ xué qín

孔子学琴

kǒng zǐ shì zhōngguóchūnqiū shí qī zhùmíng de sī xiǎng jiā jiào yù jiā tóng shí hái shì yí wèi jié chū de
孔子是中国春秋时期著名的思想家、教育家，同时还是一位杰出的
yīnyuè jiā tā huì tánzòu xǔ duōyuè qì bìnghuì zuò qǔ chàng gē kǒng zǐ céngjīnggēnsuí lǔ guó de shī
音乐家。他会弹奏许多乐器，并会作曲、唱歌。孔子曾经跟随鲁国的师

State. Shi Xiangzi taught him a piece of music and let him practice repeatedly. After ten days' practice, Confucius did not show any intention to stop. The teacher could not help saying, "You've grasped it thoroughly and may learn something new now." But Confucius thought that he still had not grasped the skills and emotions in the music, and had to go on with the practice. After a period of time, Confucius told his teacher happily, "I've

xiāng zǐ xuéqín shī xiāng zǐ jiāogěi tā yì shǒu qǔ zi ràng tā fǎn fù liàn xí kǒng zǐ liàn le shí tiān yǐ
襄子学琴。师襄子教给他一首曲子，让他反复练习。孔子练了十天以
hòu yì diǎn dōu méi yǒu yào tíng xià lái de yì si shī xiāng zǐ rěn bú zhù shuō zhè shǒu qǔ zi nǐ yǐ jīng
后，一点都没有要停下来的意思。师襄子忍不住说："这首曲子你已经
wán quán zhǎng wò le kě yǐ xué xí xīn qǔ le kě kǒng zǐ què rèn wéi zì jǐ hái méi yǒu zhǎng wò qǔ zi de
完全掌握了，可以学习新曲了。"可孔子却认为自己还没有掌握曲子的
jì fǎ hé qíng gǎn hái yào jì xù liàn xí guò le yí duàn shí jiān yǐ hòu kǒng zǐ gāo xìng de gào sù shī xiāng
技法和情感，还要继续练习。过了一段时间以后，孔子高兴地告诉师襄

felt what kind of people the composer is! He is dark, large in build with bright and deep eyes. This is the appearance of a king. The composer must be Emperor Wen of Zhou Dynasty!" Shi Xiangzi was very astonished to hear that, because the music was just named The Music of Emperor Wen of Zhou Dynasty.

zǐ wǒ gǎn wù chū le zuò qǔ zhě shì gè shén me yàng de rén le tā de fū sè yǒu hēi shēn cái gāo dà
子："我感悟出了作曲者是个什么样的人了，他的肤色黝黑，身材高大，

mù guāng míng liàng ér shēn suì yǒu wáng zhě zhī xiàng zhè gè rén fēi zhōu wén wáng mò shǔ shī xiāng zǐ tīng
目光明亮而深邃，有王者之相，这个人非周文王莫属！"师襄子听

wán fēi cháng chī jīng zhè shǒu qǔ zi de míng zi zhèng shì wén wáng cāo
完非常吃惊，这首曲子的名字正是《文王操》。

Wei Xuancheng Learned from Others
韦玄成求教

〖Wei Xuancheng Learned from Others〗

Wei Xuancheng was a famous scholar and politician of Western Han Dynasty. He liked reading since his childhood. He knew The Book of Poetry and the Analects well, and had a good command of them. Whenever going out in a cart, seeing some acquain-

wéixuánchéng qiú jiào

韦玄成求教

wéi xuán chéng shì xī hàn shí qī yǒu míng de xué zhě hé zhèng zhì jiā tā cóng xiǎo jiù xǐ huan dú shū duì

韦玄成是西汉时期有名的学者和政治家。他从小就喜欢读书，对

yú shī jīng hé lún yǔ dōu hěn shú zhī hé jīng tōng měi cì chéng chē wài chū shí lù yù shú rén tā

于《诗经》和《论语》都很熟知和精通。每次乘车外出时，路遇熟人，他

tance walking on the road, Wei would order the cart driver to stop and invite him to board the cart and take him to his destination. With this opportunity, Wei Xuancheng would consult people on board all kinds of knowledge and discuss those government affairs with him. When receiving guests, Wei Xuancheng paid much attention to the fair

dōuhuì mìnglìngchē fū bǎ chētíngxià chéngyāo nà ge rénshàngchētóngxíng wènmíngrén jie qù chùhòu
都会命令车夫把车停下，诚邀那个人上车同行，问明人家去处后，
jiāng qí sòngdàomù dì dì jiè zhetóngxíngzhī jī wéixuánchéngzǒngshì xiàng dā chē de rénqǐngjiào gè fāng
将其送到目的地。借着同行之机，韦玄成总是向搭车的人请教各方
miàn de zhī shi tǎolùnguó jiā zhèngshì píngshí zài jiē dài kè rén shí wéixuánchéng yě fēi chángzhù yì píng
面的知识，讨论国家政事。平时在接待客人时，韦玄成也非常注意平

treatment toward them, and he was especially polite to those knowledgeable men. Because of this, his fame spread broader and broader. And he was praised by people greatly. At last, he became the Prime Minister of the country.

děngdài rén duì yú zhī shi yuān bó zhī rényóuwéi lǐ mào yú shì tā de shēng yù yuèchuányuèguǎng shēn
等待人，对于知识渊博之人尤为礼貌。于是，他的声誉越传越广，深

dé rénmen de chēngzàn zuì hòuzhōng yú zuòdào le chéngxiàng yì zhí
得人们的称赞。最后终于作到了丞相一职。

Grinding a Pestle into a Needle
铁杵磨成针

〖Grinding a Pestle into a Needle〗

Li Bai, one of the greatest poets in ancient China, was at a time not very diligent during his childhood.

One day, wandering in the country leisurely, Li Bai saw a white-haired old woman grinding a pestle on a rock by the edge of a stream.

"What are you doing, granny?" Li Bai asked with interests.

tiě chǔ mó chéng zhēn

铁杵磨成针

lǐ bái shì zhōng guó gǔ dài zuì wěi dà de shī rén zhī yī tóng nián shí dài yǒu yí duàn shí jiān tā xué xí bú tài yòng gōng

李白是中国古代最伟大的诗人之一。童年时代，有一段时间他学习不太用功。

yǒu yì tiān zài xiāng xià xián guàng shí lǐ bái kàn dào yí gè bái fā cāng cāng de lǎo nǎi nai zài xī biān shí tou shang mó yì gēn tiě bàng

有一天，在乡下闲逛时，李白看到一个白发苍苍的老奶奶在溪边石头上磨一根铁棒。

nín zài gàn shén me ya lǎo nǎi nai lǐ bái ráo yǒu xìng qù de wèn

“您在干什么呀，老奶奶？”李白饶有兴趣地问。

"Making a needle of the pestle," the aged woman answered, casting a glance at Li Bai.

"What?" Li Bai cried in astonishment, "But the pestle is so big and thick!"

The old woman lifted her head, threw a stern look at Li Bai and said affirmatively, "The constant drip of water can wear a hole in a stone; little strokes fall great oaks. Remember, my child, in this world nothing is impossible so long as you set your mind to it. Impossibility stands only in the way of those who are men of no will!"

wǒ yào bǎ tiě chǔ mó chéng zhēn lǎo nǎi nai wàng le yì yǎn lǐ bái huí dá dào
"我要把铁杵磨成针。"老奶奶望了一眼李白，回答道。

zhēn de ma lǐ bái jīng qí de jiào dào kě tiě chǔ yòu dà yòu cū ya
"真的吗？"李白惊奇地叫道，"可铁杵又大又粗呀！"

lǎo nǎi nai tái qǐ tóu lái yán lì de dīng le tā yì yǎn háo bù hán hu de shuō shuǐ dī kě yǐ shí chuān jī bù kě yǐ chéng qiān lǐ hái zi jì zhù shì shàng wú nán shì zhǐ pà yǒu xīn rén bàn bú dào zhè jù huà zhǐ duì nà xiē yì zhì bó ruò de rén ér yán
老奶奶抬起头来，严厉地盯了他一眼，毫不含糊地说："水滴可以石穿，积步可以成千里。孩子，记住，世上无难事，只怕有心人。'办不到'这句话，只对那些意志薄弱的人而言。"

The old woman's words were so impressive that they echoed in Li Bai's ears for quite a long time. When finally he thought he had got the old woman's philosophical help, he murmured to himself, "Yes, if I want to be a useful man in the future, I have to study with perseverance now, just as the granny grinds her pestle." With this conclusion, he bowed to the old woman and went back home.

From then on, he changed entirely into another boy. Winter and summer, he buried himself in books completely, and absorbed everything that could be acquired, hence later succeeded in bearing his immortal name into history.

lǎo nǎi nai de huà yù yì shēn kè cháng jiǔ de zài lǐ bái ěr biān huí xiǎng zhōng yú tā míng bái le qí
老奶奶的话寓意深刻，长久地在李白耳边回响。终于，他明白了其

zhōng de dào lǐ zì yán zì yǔ de shuō shì de rú guǒ wǒ xiǎng chéng wéi yí gè yǒu yòng de rén xiàn zài
中的道理，自言自语地说："是的，如果我想成为一个有用的人，现在

jiù bì xū xiàng lǎo nǎi nai mó tiě chǔ nà yàng qiè ér bù shě de nǔ lì xué xí xiǎng tōng hòu lǐ bái duì lǎo
就必须像老奶奶磨铁杵那样，锲而不舍地努力学习。"想通后，李白对老

nǎi nai jū le yì gōng jiù huí jiā le
奶奶鞠了一躬就回家了。

cǐ hòu tā hǎo xiàng biàn le yí gè rén yì nián sì jì mái shǒu dú shū hòu lái tā zhōng yú chéng
此后，他好像变了一个人，一年四季，埋首读书。后来，他终于成

wéi lì shǐ shang míng chuí qiān gǔ de dà shī rén
为历史上名垂千古的大诗人。

Hard-working Learners
悬梁刺股

〖Hard–working Learners〗

Sun Jing was a man in Xindu of Western Han Dynasty. He made a determined effort to pursue his studies and always read books day and night. In order to avoid falling into sleep when studying, he hung his hair on the beam of the room. And anytime he was going to doze off and nod his head, the hair hung on the beam would drag his scalp and made him awake because of the pain. Then he could resume his reading. In this way, Sun Jing learned very hard and got great achievements in his study. He became well-known at last.

xuánliáng cì gǔ

悬梁刺股

sūnjìngshì xī hànxìn dū rén tā niánqīngshí fā fènqiúxué bù fēn rì yè de dú shū wèi le fángzhǐ zì
孙敬是西汉信都人。他年轻时发奋求学，不分日夜地读书。为了防止自

jǐ zài dú shūshí shuì qù tā jiù bǎ tóu fa guà zài fáng zi de liángshang yí dàn dǎ kē shuì tóuchuí xià
己在读书时睡去，他就把头发挂在房子的梁上，一旦打瞌睡，头垂下

lái xuánguà zài liángshang de tóu fa biànhuì chězhe tóu pí lìng zì jǐ tòng de lì kè xǐngguò lái jì xù dú
来，悬挂在梁上的头发便会扯着头皮，令自己痛得立刻醒过来，继续读

shū sūnjìngzhèzhǒng kè kǔ de dú shūfāng fǎ zhōng yú shǐ tā xuéyǒusuǒchéng míngwéntiānxià
书。孙敬这种刻苦的读书方法，终于使他学有所成，名闻天下。

Su Qin, a man in the Warring States Period, aimed very high in life. But at the beginning, his knowledge as well as his thoughts was so hallow and poor that he ran into snags and was foiled everywhere. This cooled down his head and made him introspect thoroughly. He finally found where the shoe pinched and made up his mind to bury himself in books. As he often worked far into deep night, he could hardly keep his eyes open at last. In order to fight with this sleepiness, he even went to extremes, stabbing his thigh

sū qín shì zhànguó shí qī de rén tā hěn yǒu bào fù kě shì qǐ chū yóu yú xué shí pín fá tā dào chù
苏秦是战国时期的人。他很有抱负，可是起初由于学识贫乏，他到处

pèng bì zhè shǐ de tā lěng jìng xià lái fǎn gōng zì wèn zhōng yú tā kàn dào le zì jǐ shī bài de zhèng jié suǒ
碰壁。这使得他冷静下来，反躬自问。终于他看到了自己失败的症结所

zài xià jué xīn mái tóu shū běn nǔ lì xué xí yóu yú tā cháng cháng kǔ dú dào shēn yè nán miǎn lèi de zhēng
在，下决心埋头书本努力学习。由于他常常苦读到深夜，难免累得睁

bù kāi yǎn jīng wèi le qū zǒu shuì yì tā jìng rán shǐ yòng yì zhǒng jí duān de bàn fǎ zhǐ yào yì dǎ kē
不开眼睛。为了驱走睡意，他竟然使用一种极端的办法，只要一打瞌

with a stabber every time when he began to feel drawsy. Blood dripped along his legs. His reward, however, did not fall short of his efforts: at length he got to the climax as a politician.

shuì tā jiù yòng zhuī zi cì zì jǐ de dà tuǐ cháng cháng nòng dé xiān xuè lín lín gōng fu bú fù yǒu xīn
睡，他就用锥子刺自己的大腿，常常弄得鲜血淋淋。功夫不负有心

rén tā zhōng yú chéng wéi yí wèi shí fēn chéng gōng de zhèng zhì jiā
人，他终于成为一位十分成功的政治家。

Impressive Sincerity

中

至诚感天

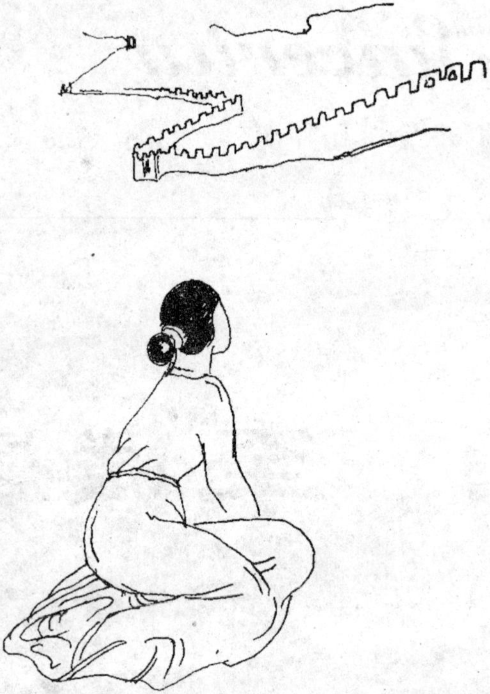

Lady Meng Jiang's Wail at the Great Wall
孟姜女哭长城

〖Lady Meng Jiang's Wail at the Great Wall〗

The story of Lady Meng Jiang has been passed down in China from generation to generation. It happened during Qin Dynasty. At that time, the government, ruled by Qin Shihuang, ordered the draft of building the Great Wall. Many young men were taken unwillingly to the construction site and forced to do restless hard work, until exhausted to death.

mèngjiāng nǚ kū chángchéng
孟姜女哭长城

mèngjiāng nǚ de gù shi zài zhōngguó bèi yí dài yí dài de chuánsòng xià lái zhè ge gù shi fā shēng zài qín
孟姜女的故事在中国被一代一代地传颂下来。这个故事发生在秦
cháo shí hou nà shí hou qín shǐ huáng zhèng xiū zhù wàn lǐ cháng chéng guān fǔ dào chù qù zhuā nián qīng de nán
朝时候，那时候秦始皇正修筑万里长城。官府到处去抓年轻的男
zǐ yòng zuò mín gōng bèi zhuā qù de rén bù fēn bái tiān hēi yè de xiū zhù cháng chéng bù zhī lèi sǐ le duō
子用作民工。被抓去的人不分白天黑夜地修筑长城，不知累死了多
shǎo
少。

In the city of Suzhou, there was a beautiful young lady named Meng Jiang. One evening, when she was doing housework in the yard, she was startled by a young man who leapt over the fence. Panting violently, he apologized for the unintended intrusion. He told Meng Jiang that his name was Fan Xiliang. He had been escaping from the Great Wall draft and exhausting from fatigue and hunger. Meng Jiang's family showed great sympathy for Fan Xiliang's situation, and invited him to stay with them. Gradually, the

sū zhōu chéng yǒu gè měi lì de nǚ zǐ míng jiào mèng jiāng nǚ yì tiān bàng wǎn tā zhèng zài zì jiā de
苏州城有个美丽的女子，名叫孟姜女。一天傍晚，她正在自家的
yuàn zi lǐ zuò jiā wù tū rán yí gè nán zǐ fān qiáng ér rù xià le tā yí dà tiào zhǐ jiàn nà ge rén qiú tā
院子里做家务，突然一个男子翻墙而入，吓了她一大跳。只见那个人求他
men bié hǎn bìng shuō zì jǐ jiào fàn xǐ liáng shì lái táo nàn de mèng jiāng nǚ de fù mǔ jiàn tā yòu lěng yòu
们别喊，并说自己叫范喜良，是来逃难的。孟姜女的父母见他又冷又
è jiù bǎ tā shōu liú xià lái jiàn jiàn de yīng jùn xiāo sǎ de fàn xǐ liáng yǔ měi lì wēn róu de mèng
饿，就把他收留下来。渐渐地，英俊潇洒的范喜良与美丽温柔的孟

handsome, good-mannered young man and the dexterous pretty young woman fell in love. Meng Jiang's parents were only too glad that their beloved daughter had found a great groom and planned to have them married. However, only three days after Meng Jiang and Fan Xiliang's wedding, local authorities broke into their house. Fan Xiliang was caught and sent to the Great Wall construction site in the far north of China.

jiāng nǚ xiāng hù chǎnshēng le ài mù zhī xīn xīn ài de nǚ ér zhǎodào le rú yì de lángjūn mèngjiāng nǚ de
姜女相互产生了爱慕之心。心爱的女儿找到了如意的郎君，孟姜女的

fù mǔ qīn shí zài tài gāoxìng la mángzhe wèi tā men cāobàn hūn lǐ rán ér hūnhòu gāng sān tiān yá yì chuǎng
父母亲实在太高兴啦，忙着为他们操办婚礼。然而婚后刚三天，衙役闯

jìn mén lái yìng bǎ fàn xǐ liángzhuāzǒu qù běi fāng xiū chángchéng le
进门来，硬把范喜良抓走，去北方修长城了。

Lady Meng Jiang waited day and night for her husband to return. She finally decided to set off to look for him. Saying farewell to her parents, she started her long journey to the Great Wall. After conquering countless obstacles on the way, she arrived at the construction site one day. However, she could not find her husband Fan there. Eventually bad news came as she learned that Fan had already died of exhaustion and was buried at the foot of the Great Wall, among thoudands of other workers.

mèngjiāng nǚ rì yè sī niànzhe zhàng fu tā jué dìng zì jǐ dào cháng chéng qù zhǎo tā yú shì mèng jiāng
孟姜女日夜思念着丈夫。她决定自己到长城去找他。于是孟姜
nǚ gàobié le fù mǔ shàng lù le yí lù shang yě bù zhī jīng lì le duōshǎo mónàn zhōng yú tā dào
女告别了父母，上路了。一路上，也不知经历了多少磨难。终于，她到
dá le cháng chéng què shǐ zhōng bú jiàn zhàng fu de zōngyǐng zuì zhōng tā dé zhī zhàng fu yǐ jīng lèi sǐ
达了长城，却始终不见丈夫的踪影。最终，她得知丈夫已经累死，
yǔ chéng qiān shàng wàn de míngōng yì qǐ zàng zài cháng chéng jiǎo xià
与成千上万的民工一起葬在长城脚下。

Lady Meng Jiang could not help crying after hearing this bad news. Deep sorrow filled her heart and she did not stop wailing for three days and three nights. All of a sudden, with a tremendous noise, a section of the Great Wall, several hundred miles in length, collapsed over her bitter wail, revealing a great number of bodies and bones. Meng Jiang's tears dropped onto her husband's dead body as she recognized it. She finally found him, but he could never see her again. She hugged his body and went to the nearby shore of Bo Hai. After saying farewell for the last time to her beloved husband in her mind, she jumped into the sea.

měng de tīng dào zhè ge è hào mèng jiāng nǚ dà kū qǐ lái tā bēi tòng yù jué zhěng zhěng kū le sān

猛地听到这个噩耗，孟姜女大哭起来，她悲痛欲绝，整整哭了三

tiān sān yè tū rán zài mèng jiāng nǚ bēi fèn de kū shēng zhī zhōng bàn suí zhe yì shēng jù xiǎng cháng

天三夜。突然，在孟姜女悲愤的哭声之中，伴随着一声巨响，长

chéng dǎo tā le yí dà duàn yǒu jǐ bǎi lǐ cháng duàn qiáng xià mian lòu chū shù qiān jù shī gǔ lái mèng jiāng

城倒塌了一大段，有几百里长，断墙下面露出数千具尸骨来。孟姜

nǚ zuì zhōng rèn chū le zhàng fu de shī tǐ lèi shuǐ sǎ mǎn le fàn xǐ liáng de shī gǔ tā zhōng yú zhǎo dào le

女最终认出了丈夫的尸体，泪水洒满了范喜良的尸骨。她终于找到了

zhàng fu tā què zài yě jiàn bú dào tā le tā bào zhe zhàng fu de shī tǐ xiàng bó hǎi biān zǒu qù nèi xīn mò

丈夫，他却再也见不到她了。她抱着丈夫的尸体向渤海边走去，内心默

mò xiàng tā zuò zuì hòu de dào bié zòng shēn tiào rù dà hǎi zhōng

默向他做最后的道别，纵身跳入大海中。

Bian Heh's Jade
卞和泣玉

〖Bian Heh's Jade〗

This story happened in the Spring and Autumn Period. A man in the State of Chu, named Bian Heh, found a rough jade on Mount Chu. He decided to present the valuable jade to King Li to show his loyalty to his sovereign. Unluckily, the jade was judged as a common stone, which made King Li very angry, and had Bian Heh's left foot cut down cruelly.

biàn hé qì yù

卞和泣玉

zhè ge gù shi fā shēng zài chūn qiū shí qī yí gè jiào biàn hé de chǔ guó rén zài chǔ shān zhōng zhǎo dào yí
这个故事发生在春秋时期。一个叫卞和的楚国人在楚山中找到一

kuài pú yù tā jué dìng jiāng zhè kuài pú yù xiàn gěi lì wáng yǐ shì tā de zhōng chéng bú xìng de shì zhè
块璞玉，他决定将这块璞玉献给厉王，以示他的忠诚。不幸的是，这

kuài pú yù bèi jiàn dìng chéng pǔ tōng de shí tou lì wáng hěn shēng qì mìng rén cán rěn de kǎn diào le tā de zuǒ
块璞玉被鉴定成普通的石头。厉王很生气，命人残忍地砍掉了他的左

jiǎo
脚。

After the enthronement of King Wu, Bian Heh decided to submit the jade to King Wu to clarify matters. King Wu also had it checked by the jade connoisseurs in the court. The conclusion was the same and Bian Heh lost the other foot.

After the death of King Wu, the prince Wen was enthroned. One day, he heard that a man in his state, named Bian Heh had been crying his heart out on a hill days and nights. He ordered his men to find out why he was so sad. Bian Heh sobbed out, "Call a spade a spade. Why was a real jade mistaken as a plain stone again and again? Why was a loyal man thought faithless time and time again?"

lì wáng sǐ hòu wǔ wáng jí wèi biàn hé yòu pěng zhe tā de pú yù qù xiàn gěi wǔ wáng wǔ wáng jiào yù
厉王死后，武王即位。卞和又捧着他的璞玉去献给武王。武王叫玉
gōng jiàn dìng jié guǒ hái shì bèi jiàn dìng chéng yí kuài pǔ tōng de shí tou wǔ wáng mìng rén yòu kǎn diào le tā de
工鉴定，结果还是被鉴定成一块普通的石头。武王命人又砍掉了他的
yòu jiǎo
右脚。

wǔ wáng sǐ hòu wén wáng jí wèi yì tiān wén wáng tīng shuō yǒu gè jiào biàn hé de zài shān jiǎo xià zhěng
武王死后，文王即位。一天，文王听说有个叫卞和的在山脚下整
rì zhěng yè de tòng kū bù zhǐ wén wáng jué de qí guài pài rén qù wèn tā rú cǐ shāng xīn de yuán yīn biàn
日整夜地痛哭不止。文王觉得奇怪，派人去问他如此伤心的原因。卞
hé qì bù chéng shēng de shuō shì shén me jiù shì shén me wèi shén me zǒng shì bǎ bǎo yù shuō chéng shì shí
和泣不成声地说："是什么就是什么，为什么总是把宝玉说成是石
tou wèi shén me zǒng shì bǎ chéng shí de rén shuō chéng shì piàn zi
头？为什么总是把诚实的人说成是骗子？"

King Wen was touched by Bian Heh's deep grief and ordered the jade connoisseurs to open the jade to have a close look. To their astonishment, in the rough coat, the pure content was sparkling and translucent. Then it was carefully cut and polished fine and at last the jade became a rare treasure of the State of Chu. In memory of the faithful man, the king named the jade by Bian Heh.

wénwángbèi biàn hé de zāo yù gǎndòng le jiù mìng yù gōngjiāng shí tou pōu kāi zǐ xì jiàndìng lìng tā
文王被卞和的遭遇感动了，就命玉工将石头剖开，仔细鉴定。令他
men dà chī yì jīng de shì zài cū cāo de wàibiǎoxià yí kuàibǎo yù yì yì shēnghuī jīngyíng tī tòu tā bèi
们大吃一惊的是，在粗糙的外表下，一块宝玉熠熠生辉，晶莹剔透。它被
xiǎoxīn yì yì de qiē gē pāoguāng zhōng yú zhè kuài pú yù chéngwéi chǔguó de xī shì zhēnbǎo hòu lái wén
小心翼翼地切割、抛光，终于这块璞玉成为楚国的稀世珍宝。后来文
wáng bú wàngbiàn hé de gōngláo bǎ zhè kuài bǎo yù mìngmíngwéi hé shì bì
王不忘卞和的功劳，把这块宝玉命名为“和氏璧”。

Meeting on the Bridge of Magpies
七夕鹊桥会

〖Meeting on the Bridge of Magpies〗

Qi Qiao Festival falls on the seventh day of the seventh lunar month. It is said that the poor fellow named the Cowherd fell in love with a fairy named Weaver Maid and they got married and had kids. Unfortunately, Weaver Maid was brought back to heaven by the Queen Mother of the West, destroying their happy marriage. With the help of the

qī xī quèqiáohuì
七夕鹊桥会

nóng lì qī yuèchū qī yè chēng qī xī yòuchēng qǐ qiǎo jié xiāngchuán kǔ hái zi niúláng
农历七月初七夜，称“七夕”，又称乞巧节。相传，苦孩子牛郎

xìngyùn de hé yí ge míngjiàozhī nǚ de xiān nǚ jié hūnshēng zǐ bú xìng de shì hòu lái zhī nǚ bèi wáng mǔ
幸运地和一个名叫织女的仙女结婚生子。不幸的是，后来织女被王母

niángniang dài huí tiāntíng chāi sàn le tā menměihǎo de hūnyīn zài lǎoniú de bāngzhù xià niúláng dài zhe yì
娘娘带回天庭，拆散了他们美好的婚姻。在老牛的帮助下，牛郎带着一

celestial cattle, the Cowherd flew to heaven with his son and daughter. Eventually they were separated by a billowy river made by the Queen Mother. The Cowherd and Weaver Maid could only watch each other from the other side of the river. Their loyalty to love touched magpies, so tens of thousands of magpies came to build a bridge for them to

shuāng ér nǚ zhuī shàng tiān tíng zhōng bèi wáng mǔ niáng niang de tiān hé suǒ gé niú láng zhī nǚ zhǐ néng gé hé
双儿女追上天庭，终被王母娘娘的天河所隔。牛郎织女只能隔河

xiāng wàng niú láng hé zhī nǚ zhōng zhēn de ài qíng gǎn dòng le xǐ què qiān wàn zhī xǐ què fēi lái dā chéng
相望。牛郎和织女忠贞的爱情感动了喜鹊，千万只喜鹊飞来，搭成

meet each other. The Queen Mother was finally moved and allowed them to meet each year on the seventh of the seventh lunar month.

quèqiáo ràng niúláng zhī nǚ zǒushàng quèqiáo xiānghuì wángmǔ niángniang wú nài zhǐ hǎo yǔn xǔ liǎngrén měi
鹊桥，让牛郎织女走上鹊桥相会。王母娘娘无奈，只好允许两人每

nián nónglì qī yuè chū qī wǎn zài quèqiáo xiānghuì
年农历七月初七晚在鹊桥相会。

Brothers Contended for Filial Piety
兄弟争孝

〖Brothers Contended for Filial Piety〗

During the Qing Dynasty, there was a family with the surname Wu. The parents had four sons. But they had to sell their children to those rich families as servants because of the poverty. The four brothers were hard-working. Through their own diligence, they all

xiōng dì zhēngxiào

兄弟争孝

qīngcháoshí hou yǒu yí hù xìngwú de rén jiā jiā lǐ yǒu sì ge ér zi yóu yú jiājìngpínhán fù mǔ
清朝时候，有一户姓吴的人家，家里有四个儿子。由于家境贫寒，父母

zhǐ hǎo bǎ hái zi dōumài dào le fù guì rén jiā zuò pú rén kě xiōng dì sì rén gè gè shàngjìn tōngguò zì jǐ de
只好把孩子都卖到了富贵人家作仆人。可兄弟四人个个上进，通过自己的

regained their freedom by paying back the money of their indentures. Later, they all got married and raised their own children, and lived quite merrily. But they never forgot their parents' love and care from childhood, and contended for the support of their parents. At first, they decided to take care of the old parents monthly. But then they felt that three months was too long for them to wait for their turn to serve their parents again. So they changed it into serving in turn every three days. But after a period of time, they still felt

qín fèn láo dòng dōu shú chū le dāng nián de mài shēn qì huī fù le zì yóu bìng qiě qǔ qī shēng zǐ rì zi guò
勤奋劳动都赎出了当年的卖身契，恢复了自由，并且娶妻生子，日子过
de fēi cháng xìng fú xiōng dì sì rén dōu méi yǒu wàng jì fù mǔ de shēng yǎng zhī ēn zhēng xiāng shàn yǎng fù
得非常幸福。兄弟四人都没有忘记父母的生养之恩，争相赡养父
mǔ zuì chū tā men jué dìng měi jiā yí ge yuè lún liú zhào gù lǎo rén kě hòu lái dōu jué de zhè yàng yào gé sān
母。最初他们决定每家一个月轮流照顾老人，可后来都觉得这样要隔三
ge yuè cái néng fèng yǎng yí cì shí jiān tài jiǔ le yú shì jiù gǎi wéi měi gé sān tiān lún liú yí cì kě guò le
个月才能奉养一次，时间太久了，于是就改为每隔三天轮流一次。可过了

that it was too long for them to serve after three days. Then at last, they decided to take care of their parents in turn for each meal. This time, everyone agreed. With the concentrated care from their sons and daughters-in-law, the old couple enjoyed their later years and passed away until they were almost one hundred years old.

yí duàn shí jiān xiōng dì men yòu jué de měi gé sān tiān cái néng zhào gù yí cì lǎo rén shí jiān hái shì tài jiǔ
一段时间，兄弟们又觉得每隔三天才能照顾一次老人，时间还是太久，
zuì hòu jiù gǎi wéi měi cān yì lún liú zhè yàng dà jiā cái dōu tóng yì le liǎng wèi lǎo rén zài ér zi hé ér xí men
最后就改为每餐一轮流，这样大家才都同意了。两位老人在儿子和儿媳们
de xī xīn zhào gù xià ān xiǎng wǎn nián yì zhí huó dào jìn bǎi suì cái qù shì
的悉心照顾下，安享晚年，一直活到近百岁才去世。

A Broken Mirror Joined Together
破镜重圆

〖A Broken Mirror Joined Together〗

In the Northern and Southern Dynasties, the last king of the State of Chen, Chen Shubao had a sister named Princess Le Chang, who married a man named Xu Deyan.

pò jìng chóng yuán
破镜重圆

nán běi cháo shí qī chén cháo zuì hòu yí ge huáng dì chén shū bǎo yǒu yí ge mèi mei rén men jiào tā lè
南北朝时期，陈朝最后一个皇帝陈叔宝有一个妹妹，人们叫她乐

chāng gōng zhǔ lè chāng gōng zhǔ jià gěi le xú dé yán wéi qī
昌公主。乐昌公主嫁给了徐德言为妻。

Seeing that Chen was facing its demise, Xu Deyan said to his wife, "Once the state falls, you will be taken by some powerful men because of your beauty. If we mean to be together we shall reunite eventually, and here is what we use to meet again." Xu broke a bronze mirror into halves. Each of them kept a half as tokens. Xu said, "Every year on the 15th of the first lunar month, go and sell your half of mirror in the market. If I'm still alive, I'll find you."

yǎnjiàn chén cháo rì yì shuāi wēi xú dé yán duì qī zi shuō guó jiā yí dàn miè wáng nǐ jiù huì yīn
眼见陈朝日益衰微，徐德言对妻子说：“国家一旦灭亡，你就会因
róng mào jiāo hǎo ér bèi qiáng dí lüě zǒu rú guǒ wǒ men yào tuán jù zuì zhōng huì tuán jù de zhè jiù shì wǒ men
容貌姣好而被强敌掠走，如果我们要团聚，最终会团聚的，这就是我们
zài jiàn miàn shí de xìn wù xú dé yán jiāng yí miàn tóng jìng pò wéi liǎng bàn zì jǐ liú yí bàn lìng yí bàn
再见面时的信物。”徐德言将一面铜镜破为两半，自己留一半，另一半
gěi qī zi jiē zhe shuō měi nián zhēng yuè shí wǔ nà tiān nǐ zài jí shì shang mài zhè bàn miàn jìng zi rú
给妻子，接着说：“每年正月十五那天，你在集市上卖这半面镜子，如
guǒ wǒ hái huó zhe wǒ huì qù zhǎo nǐ
果我还活着，我会去找你。”

Soon afterwards, the State of Chen was overthrown. Princess Le Chang was taken into the home of Minister Yang Su. Overcoming many obstacles, Xu was finally able to get back to the capital city. On the 15th of the first lunar month, Xu came to the market and saw a man selling the half mirror at high price. Xu took the man to his place, put the two perfectly fitting halves of mirror together, and told the man to take it to the princess. Hearing this story, Yang Su let the princess go back to Xu. The couple lived happily ever since then.

chén cháo wáng guó hòu lè chāng gōng zhǔ guǒ rán luò rù le suí cháo dà chén yáng sù jiā lǐ xú dé yán lì
陈朝亡国后，乐昌公主果然落入了隋朝大臣杨素家里。徐德言历
jīng qiān nán wàn xiǎn diān pèi liú lí zhōng yú huí dào le jīng chéng zhēng yuè shí wǔ zhè tiān tā lái dào jí
经千难万险、颠沛流离，终于回到了京城。正月十五这天，他来到集
shì shang kàn dào yǒu rén zhèng zài gāo jià jiào mài bàn miàn jìng zi xú dé yán jiāng nà rén lǐng dào zhù chù nà
市上，看到有人正在高价叫卖半面镜子，徐德言将那人领到住处，那
rén suǒ mài de bàn miàn jìng zi yǔ zì jǐ de bàn miàn jìng zi zhèng hǎo hé zài le yì qǐ biàn tuō mài jìng zhī rén
人所卖的半面镜子与自己的半面镜子正好合在了一起，便托卖镜之人
dài gěi gōng zhǔ yáng sù zhī dào le zhè jiàn shì fàng shǒu ràng gōng zhǔ hé xú dé yán tuán jù èr rén zhōng yú
带给公主。杨素知道了这件事，放手让公主和徐德言团聚，二人终于
bái tóu xié lǎo
白头偕老。

Being Resourceful and Upright

智圆行方

Battle at the Fei River
淝水之战

〖Battle at the Fei River〗

The story happened in 383 AD. King Fu Jian of Qin in North China led an army of 870,000 men to invade the State of Jin. Jin only had three generals, leading 80,000 warriors to resist the invaders. In November, the enemy reached the Fei River in Jin territory and began to set up defenses at the riverside. This later became the famous "Battle at the Fei River".

féi shuǐ zhī zhàn
淝水之战

gōngyuán nián zhōngyuán běi bù de qín wáng fú jiān dài lǐng wàn dà jūn gōng dǎ jìn guó ér jìn
公元383年，中原北部的秦王苻坚带领87万大军攻打晋国，而晋
guó zhǐ yǒu wèi jiāng jūn shuài lǐng wàn jìn jūn dǐ kàng yuè qín guó jūn duì dǎ dào féi shuǐ àn biān bìng zài
国只有3位将军率领8万晋军抵抗。11月秦国军队打到淝水岸边，并在
féi shuǐ zhù zhā zhī hòu fā shēng de zhù míng de féi shuǐ zhī zhàn cóng cǐ ér lái
淝水驻扎，之后发生的著名的"淝水之战"从此而来。

Across the river was Jin's troop. Jin's general Xie Xuan, as he realized there was a great disparity of strength, came up with a strategy. They sent a herald to take a message to Fu Rong, major general, which said, "You are setting up defenses along the river, so it is quite obvious that you are planning for a long war. But as you are far from your country and supplies cannot be timely guaranteed, you are no doubt putting yourselves in a very disadvantageous situation. Why don't you let your troop retreat a few hundred yards so that we can cross the river to fight a fair battle with you?"

hé duì miàn shì jìn jūn jìn jūn dà jiàng xiè xuán jiàn yǔ qín jūn bīng lì tài guò xuán shū biàn xīn shēng yí jì pài shǐ zhě qù jiàn qín jūn dà jiàng fú róng duì tā shuō nǐ jūn zài hé àn zhù zhā xiǎn rán yǐ zuò hǎo cháng qī zhàn dòu de zhǔn bèi dàn shì nǐ men yuǎn lí guó tǔ liáng cǎo gōng yìng wú fǎ jí shí bǎo zhèng nǐ men wèi miǎn yǒu diǎn chī kuī bù rú nǐ men tuì hòu yì xiē wǒ jūn guò hé gōng píng de dǎ yí zhàng rú hé

河对面是晋军。晋军大将谢玄见与秦军兵力太过悬殊，便心生一计，派使者去见秦军大将苻融，对他说："你军在河岸驻扎，显然已作好长期战斗的准备，但是，你们远离国土，粮草供应无法及时保证，你们未免有点吃亏，不如你们退后一些，我军过河，公平地打一仗如何？"

This message was taken to King Fu Jian. He laughed and said, "How dare they wade across the river to fight against a troop of 870,000 men! They surely overrate themselves. Let's retreat so that they can come across. While they are still tired from the crossing, we will wipe them out with ease."

cǐ shì bǐng gào gěi le qín wáng fú jiān fú jiān hā hā dà xiào xīn xiǎng jìn jūn rén shù shì wǒ men de
此事禀告给了秦王苻坚。苻坚哈哈大笑，心想："晋军人数是我们的

shí fēn zhī yī jìng rán rú cǐ bú zì liàng lì wǒ jiù jiāng jì jiù jì shāo xiàng hòu tuì dài jìn jūn gāng dù
十分之一，竟然如此不自量力。我就将计就计，稍向后退，待晋军刚渡

guò hé hái zài pí láo de shí hou jiāng tā men yì jǔ xiāo miè
过河还在疲劳的时候，将他们一举消灭。"

The retreat started. In a few seconds, there suddenly came a roaring cry from behind, "The troop of Qin is defeated!" As the purpose of the action had not been properly declared, many soldiers of Qin mistakenly believed that they were truly defeated. Therefore, they ran faster and the whole troop became beyond control.

qín jūn kāi shǐ hòu tuì zhè shí tū rán tīng dào jìn jūn zài hòumian dà hǎn qín bīng bài le qín bīng bài
秦军开始后退，这时突然听到晋军在后面大喊：“秦兵败了！秦兵败
le qín jūn zhèng hǎo jiē dào chè tuì de mìng lìng xìn yǐ wéi zhēn zhuǎn yǎn jiān shì qì yí luò qiān zhàng
了！”秦军正好接到撤退的命令，信以为真，转眼间士气一落千丈，
shī qù le kòng zhì jìng xiāng bēn táo
失去了控制，竞相奔逃。

A small troop of 80,000 Jin warriors immediately crossed the river and attacked the enemy from behind. General Fu Rong attempted to give a counterattack, but it was too late. His troop was already in a thorough confusion and no one would hear his order. Qin's army was completely defeated. Because of Jin's general Xie's strategy, Jin army easily defeated Qin army as 80,000 soldiers to 870,000 soldiers. "The Battle of Fei River" became a famous military event using the less beat the more in Chinese history.

xiè xuán lì kè shuài lǐng jìn jūn bā wàn duō qí bīng dù guò hé lái cóng hòu mian xiàng qín jūn fā qǐ le
谢玄立刻率领晋军八万多骑兵，渡过河来，从后面向秦军发起了
měng gōng dà jiàng fú róng shì tú fǎn jī què yǐ jīng lái bu jí le shì bīng men yūn tóu zhuàn xiàng méi yǒu rén
猛攻。大将苻融试图反击却已经来不及了。士兵们晕头转向，没有人
zài tīng tā de mìng lìng qín jūn kuì bù chéng jūn píng jiè yí gè yòu dí chè tuì de jì cè jìn jūn bú fèi lì qi
再听他的命令，秦军溃不成军。凭借一个诱敌撤退的计策，晋军不费力气
dì yǐ bā wàn bīng mǎ zhàn shèng le bā shí qī wàn dí jūn féi shuǐ zhī zhàn chéng wéi le zhōng guó lì shǐ
地以八万兵马战胜了八十七万敌军。“淝水之战”成为了中国历史
shang zhù míng de yǐ shǎo shèng duō de zhàn yì
上著名的以少胜多的战役。

Riding Alone for Thousands of Miles
千里走单骑

〖Riding Alone for Thousands of Miles〗

During the period of the Three Kingdoms, Cao Cao became more and more powerful after being the Prime Minister. He sent 200,000 soldiers to attack Xuzhou in order to catch Liu Bei. Liu Bei was defeated and had to escape. Before his departure, he asked Guan Yu, his sworn brother, to take care of his wives and children.

qiān lǐ zǒudān jì

千里走单骑

sānguóshí qī cáocāozuò le chéngxiànghòu yǔ yì rì fēng pài èr shí wàn dà jūngōng dǎ xú zhōuyàozhuō
三国时期，曹操做了丞相后羽翼日丰，派二十万大军攻打徐州要捉

ná liú bèi liú bèi bàizǒu lín xíngqiánbài tuō zì jǐ de jié yì xiōng dì guān yǔ zhào gù jiā xiǎo
拿刘备。刘备败走，临行前拜托自己的结义兄弟关羽照顾家小。

Then to protect Liu Bei's two wives, Guan Yu had to surrender to Cao Cao. Cao Cao wanted to win him over whole-heartedly, and gave him numerous treasures. But Guan Yu was only anxious to find Liu Bei. Then he just accepted a horse named Chi Tu, which could cover a thousand miles in a day. A few months later, Guan Yu finally knew that Liu Bei was taken in by Yuan Shao. So he set off immediately so as to escort his two

wèi le bǎo hù liú bèi de liǎng wèi fū rén guān yǔ zhǐ hǎo xiàng cáo cāo tóu xiáng cáo cāo yì xīn xiǎng lā lǒng
为了保护刘备的两位夫人，关羽只好向曹操投降。曹操一心想拉拢
guān yǔ biàn sòng gěi tā wú shù de jīn yín cái bǎo guān yǔ què jí yú xiǎng yào zhǎo dào liú bèi zuì hòu zhǐ jiē
关羽，便送给他无数的金银财宝。关羽却急于想要找到刘备，最后只接
shòu le rì xíng qiān lǐ de chì tù mǎ jǐ gè yuè hòu guān yǔ zhōng yú dé zhī liú bèi bèi yuán shào shōu liú
受了日行千里的赤兔马。几个月后，关羽终于得知刘备被袁绍收留，
yú shì lì jí dòng shēn hù sòng liǎng wèi sǎo zi qù tóu bèn dà gē yí lù shang tā men zāo dào le cáo cāo zhòng
于是立即动身，护送两位嫂子去投奔大哥。一路上他们遭到了曹操众

sisters-in-law to go to his brother for shelter. On their way, they were intercepted by many of Cao Cao's soldiers. But by his bravery and intelligence, Guan Yu forced his way through five passes and killed six generals, then brought his two sisters-in-law safely back to Liu Bei eventually.

duōshǒuxià de lán jié dànshì guān yǔ píng jiè zì jǐ de yǒnggǎn hé zhì huì guò wǔ guānzhǎn liù jiàng zhōng
多手下的拦截，但是关羽凭借自己的勇敢和智慧，过五关斩六将，终

yú jiāngliǎngwèisǎo zi píng ān sòngdào le liú bèi shēnbiān
于将两位嫂子平安送到了刘备身边。

Quenching Thirst by Watching Plums
望梅止渴

【Quenching Thirst by Watching Plums】

One summer, Cao Cao was leading his troops in a punitive expedition against Zhang Xiu. It was extraordinarily hot. The burning sun was like a fire, and the sky was cloudless. The soldiers were walking on the winding mountain paths. The dense forest and the hot rocks exposed to the sun on both sides of the paths made the soldiers feel suffocated. By noontime the soldiers' clothes were wet with sweat, and the marching slowed down. Some soldiers of weak physique even fainted on the roadside.

wàngméizhǐ kě

望梅止渴

yǒu yì niánxiàtiān cáocāoshuàilǐng bù duì qù tǎo fá zhāngxiù tiān qì rè de chū qí jiāoyáng sì
有一年夏天，曹操率领部队去讨伐张绣。天气热得出奇，骄阳似

huǒ tiānshang yì sī yún cai yě méiyǒu bù duì zài wānwān qū qū de shān lù shangxíngzǒu liǎngbiān mì mi
火，天上一丝云彩也没有，部队在弯弯曲曲的山路上行走。两边密密

de shùmù hé bèi yángguāngshài de gǔntàng de shānshí ràngrén tòu bú guò qì lái dào le zhōng wǔ shí fēn shì
的树木和被阳光晒得滚烫的山石，让人透不过气来。到了中午时分，士

bīng de yī fu dōu shī tòu le xíngjūn de sù dù yě màn xià lái yǒu jǐ gè tǐ ruò de shì bīngjìngyūndǎo zài lù
兵的衣服都湿透了，行军的速度也慢下来，有几个体弱的士兵竟晕倒在路

biān
边。

Seeing that the marching was slower and slower, Cao Cao was very worried because he feared that he might bungle the chance of winning the battle. But how could they quicken their speed in that situation? Cao Cao at once called the guide and asked him on the quiet whether there was a source of water nearby. The guide shook his head, saying that the spring water was on the other side of the mountain, which was very far to reach. Cao Cao realized that time didn't permit them to make such a detour. After thinking for a moment, he said to the guide, "Keep quiet. I'll find a way out." He knew that it would be to no avail to order his troops to quicken the steps.

cáocāokànxíngjūn de sù dù yuè lái yuèmàn dānxīn yí wùzhàn jī xīn lǐ hěnshì zháo jí kě shì
曹操看行军的速度越来越慢，担心贻误战机，心里很是着急。可是，
yǎnxiàqíngxíng yòuzěn me néng jiā kuài sù dù ne tā lì kè jiào lái xiàngdǎo qiāoqiāowèn tā zhè fù
眼下情形，又怎么能加快速度呢？他立刻叫来向导，悄悄问他：“这附
jìn kě yǒushuǐyuán xiàngdǎoyáoyáo tóu shuō quánshuǐ zài shān gǔ de nà yì biān yàoràodàoguò qù
近可有水源？”向导摇摇头说：“泉水在山谷的那一边，要绕道过去
hái yǒuhěnyuǎn de lù chéng cáocāoxiǎng le yí xià shuō bù xíng shí jiān lái bu jí tā kàn le
还有很远的路程。”曹操想了一下说，“不行，时间来不及。”他看了
kànqiánbiān de shù lín chén sī le yí huìr duì xiàngdǎoshuō nǐ shén me yě bié shuō wǒ lái xiǎng
看前边的树林，沉思了一会儿，对向导说：“你什么也别说，我来想
bàn fǎ tā zhī dào cǐ kè jí shǐ xià mìnglìngyāoqiú bù duì jiā kuài sù dù yě wú jì yú shì
办法。”他知道此刻即使下命令要求部队加快速度也无济于事。

He had a brain wave and found a good solution. He spurred his horse and came to the head of the column. Pointing his horsewhip to the front, Cao Cao said, "Soldiers, I know there is a big forest of plums ahead. The plums there are both big and delicious. Let's hurry along, and we will reach the forest of plums after bypassing this hill." When the solders heard this, they immediately slobbered. Picturing in their minds the sweet and sour plums, the soldiers felt as if they were actually eating the plums. The morale greatly boosted, the soldiers quickened their steps a great deal automatically.

nǎo jīn yì zhuǎn bàn fǎ lái le tā yì jiá mǎ dǔ zi kuài sù gǎn dào duì wu qián mian yòng mǎ biān
脑筋一转，办法来了，他一夹马肚子，快速赶到队伍前面，用马鞭
zhǐ zhe qián fāng shuō shì bīng men wǒ zhī dào qián mian yǒu yí dà piàn méi lín nà li de méi zi yòu dà yòu
指着前方说：“士兵们，我知道前面有一大片梅林，那里的梅子又大又
hào chī wǒ men kuài diǎn gǎn lù rào guò zhè ge shān qiū jiù dào méi lín le shì bīng men yì tīng fǎng fú
好吃，我们快点赶路，绕过这个山丘就到梅林了！”士兵们一听，仿佛
yǐ jīng chī dào zuǐ lǐ jīng shen dà zhèn bù fá bù yóu de jiā kuài le xǔ duō
已经吃到嘴里，精神大振，步伐不由得加快了许多。

Watching the Tigers Fighting
坐山观虎斗

〖Watching the Tigers Fighting〗

Bian Zhuangzi, on top of a mountain, once saw two tigers below devouring a calf that fell prey to them. He could not help boiling with rage, "So you rob the peasants of their poor possession like this!" He drew out his sword, and was about to rush down, when his friend stopped him. "I quite appreciate your bravery and nobility, nevertheless I consider it foolish enough to fight with two tigers at the same time, especially when they

zuòshānguān hǔ dòu

坐山观虎斗

yǒu yí cì biànzhuāng zǐ zài shāndǐngshangkàndàoliǎngzhī lǎo hǔ zài shānxià chī yì tóuluòzài tā menzhǎo

有一次，卞庄子在山顶上看到两只老虎在山下吃一头落在他们爪

xià de xiǎoniú bù yóu de bó rán dà nù nóngmín nà me yì diǎn kě lián de cái chǎn hái bèi nǐ menzhè

下的小牛，不由得勃然大怒：“农民那么一点可怜的财产，还被你们这

yàng zi qiǎngzǒu le tā bá chūjiàn lái yàowǎngshān xià chōng kě shì tā de péngyǒuzhì zhǐ le

样子抢走了！”他拔出剑来，要往山下冲，可是，他的朋友制止了

tā wǒ pèi fú nǐ chónggāo de jīngshén hé yǒng qì dànshì wú lùn rú hé yí ge réntóngshí hé liǎng

他：“我佩服你崇高的精神和勇气。但是，无论如何，一个人同时和两

zhī lǎo hǔ bó dòubìng bù míngzhì gèng hé kuàng tā menzhèngzài chī dōng xi kěndìnghuì yǐ sǐ xiàngpīn de

只老虎搏斗并不明智，更何况它们正在吃东西，肯定会以死相拼的。

are sure to go all out to protect their food. You should know otherwise you can reap the spoils with ease."

"How? May I ask?" Bian inquired.

"As the saying goes, 'two tigers can not inhabit one mountain, let alone sharing one meal'. So what you need to do at present, I think, is just to wait and enjoy their fighting and wounding each other, until the time comes when you can benefit from their tussle."

jì rán rú cǐ nǐ wèi shén me bú zuò shōu yú wēng zhī lì ne
既然如此，你为什么不坐收渔翁之利呢？"

nǐ shuō wǒ gāi zěn me bàn biàn zhuāng zi wèn
"你说我该怎么办？"卞庄子问。

sú huà shuō yì shān bù róng èr hǔ gèng bú yòng shuō liǎng hǔ gòng cān le yīn cǐ nǐ
"俗话说，'一山不容二虎'，更不用说两虎共餐了。因此，你
xiàn zài zhǐ yào zuò zài shān shang kàn tā men hù xiāng cán shā dào shí hou qù shōu shi xiàn chéng de zhàn guǒ jiù
现在只要坐在山上，看它们互相残杀，到时候去收拾现成的战果就
xíng le
行了。"

Bian thought it reasonable, so he seated himself there, taking a bird's view of the game beneath. In a moment, as his friend predicted, the two tigers began to roar at one another, and then they proceeded to a fierce fight, which lasted for hours. Finally the battle ended in the death of the weaker one, and the stronger one was also fatally wounded.

Then Bian strutted down the mountain, and killed the survivor with a single thrust of his sword, thus completing his heroic deeds of ridding the people of two scourges.

biànzhuāng zǐ jué de zhè huà yǒu dào li jū gāo lín xià zuò le xià lái niǎo kàn xià mian de zhàn chǎng
卞庄子觉得这话有道理，居高临下坐了下来，鸟瞰下面的战场。
bù jiǔ zhèng rú tā péngyǒu suǒ shuō liǎng zhī lǎo hǔ hù xiāng páoxiào duì yǎo qǐ lái chí xù le jǐ gè xiǎo
不久，正如他朋友所说，两只老虎互相咆哮，对咬起来，持续了几个小
shí zuì hòu yì zhī lǎo hǔ sǐ le lìng yì zhī yě yǎnyǎn yì xī
时。最后，一只老虎死了，另一只也奄奄一息。

zhè shí hou biànzhuāng zǐ dà yáo dà bǎi de zǒu xià shān cì sǐ le nà zhī yì xī shàng cún de lǎo hǔ
这时候，卞庄子大摇大摆地走下山，刺死了那只一息尚存的老虎，
chéng le wèi mín yí jiàn chú èr hǔ de yīngxióng
成了为民一剑除二虎的英雄。

Tang Bohu Cheated the Imperial Secretary of the State
唐伯虎赖阁老

〖Tang Bohu Cheated the Imperial Secretary of the State〗

Though Tang Bohu was a very famous scholar, he was an uncorrupted official. When the New Year was about to come, he had no money to spend yet, so he thought since the Imperial Secretary's house was near to his, why not cheat him for some money for the coming festival. He thought it over, wrote a pair of New Year couplet, and had someone send the couplet to the Imperial Secretary.

táng bó hǔ lài gé lǎo

唐伯虎赖阁老

táng bó hǔ suī shì cái zǐ kě tā hěnqīnglián zhèniánkuàiguònián de shí hou háiméiyín zi yòng tā

唐伯虎虽是才子，可他很清廉，这年快过年的时候，还没银子用。他

xīnxiǎng dāngcháo gé lǎo hé wǒzhù de hěn jìn jiù cóng tā nà li nòngxiēniánběn ba lüè jiā sī kǎo tí

心想，当朝阁老和我住得很近，就从他那里弄些年本吧！略加思考，提

bǐ xiě le yí fù chūnlián chāirén gěi gé lǎosòng qù

笔写了一副春联，差人给阁老送去。

The Imperial Secretary was very happy when he knew the couplet was written by Tang Bohu, and offered the sender 30 liang of silver. Unfolding the couplet, the Imperial Secretary appreciated it carefully yet only to find it reading "This year is really pretty whammy", with each word in cup size. For his dazzled eyes, he missed two sesame-sized small characters "has gone" below it. He felt very angry and said to himself that why not let the Emperor punish Tang Bohu seriously. Then, the Imperial Secretary showed the emperor the couplet and said "Your Majesty, Tang Bohu ignored you and insulted imperial official. He is challenging your authority!"

The Emperor was unhappy. He called Tang to the court and said to them, "The Imperial

gé lǎo tīng shuō shì táng bó hǔ zèng sòng de duì lián fēi cháng gāo xìng shǎng le lái rén sān shí liǎng yín
阁老听说是唐伯虎赠送的对联，非常高兴，赏了来人三十两银
zi gé lǎo dǎ kāi duì lián zǐ xì guān shǎng jiàn shàng mian xiě zhe jīn nián zhēn hǎo huì qì měi gè zì
子。阁老打开对联仔细观赏，见上面写着“今年真好晦气”。每个字
dōu yǒu wǎn dà xià mian xiě le liǎng gè zhī ma dà xiǎo de quán wú gé lǎo yǎn huā méi yǒu kàn jiàn tā
都有碗大，下面写了两个芝麻大小的“全无”，阁老眼花没有看见。他
shí fēn shēng qì xīn xiǎng jiào huáng shang zhòng zhòng chéng fá táng bó hǔ yú shì ná le duì zi gěi huáng shang
十分生气，心想叫皇上重重惩罚唐伯虎。于是拿了对子给皇上
bìng shuō táng bó hǔ wú shì huáng shang rǔ mà cháo tíng mìng guān tài bú xiàng huà le
并说，“唐伯虎无视皇上，辱骂朝廷命官，太不像话了。”

huáng shang kàn hòu yě shí fēn bú yuè jiù xuān táng bó hǔ shàng diàn huáng shang shuō gé lǎo shì
皇上看后也十分不悦，就宣唐伯虎上殿。皇上说：“阁老是

Secretary is a very respectable imperial official, you should respect him, but why did you abuse him?" Then the emperor threw the couplet to Tang Bohu. After a look, Tang said with a smile, "What I wrote on it was 'This year is really pretty, whammy has gone!' How could it become an abused one? The big-sized characters are characters, why not the small ones?" The Emperor had to find an excuse and said to them, "Your own business shall be settled by yourselves." And Tang Bohu stopped the Imperial Secretary and said to him softly, "The affair spoiled my reputation. Since the New Year is coming soon, I would not tangle it with you anymore, you should pay me three thousand liang of silver as compensation." The Imperial Secretary had no better way but to give him the money.

cháotíng dà chén nǐ yàozūnzhòng tā cái shì wèi hé mà tā bìng bǎ duì zi rēng gěi táng bó hǔ táng bó
朝廷大臣，你要尊重他才是，为何骂他？”并把对子扔给唐伯虎。唐伯
hǔ kànhòuxiàozheshuō wǒ xiě de shì jīn niánzhēnhǎo huì qì quán wú zěn me shì mà rén ne
虎看后笑着说：“我写的是‘今年真好，晦气全无。’怎么是骂人呢？
dà zì suàn zì xiǎo zì bú suàn zì ma huángshang zhǐ dé tuī tuōshuōdào nǐ men de shì nǐ men
大字算字，小字不算字吗？”皇上只得推脱说道：“你们的事，你们
zì jǐ bàn ba táng bó hǔ lā zhe gé lǎoqiāoqiāo de shuōdào zhè shì huài le wǒ de míngshēng běn lái
自己办吧。”唐伯虎拉着阁老悄悄地说道：“这事坏了我的名声，本来
wǒ bù néngshàn bà gān xiū yīn wèi mǎshàngyàoguònián le wǒ yě bù gēn nǐ guòduō de jiū chán nǐ jiù péi
我不能善罢甘休，因为马上要过年了，我也不跟你过多的纠缠，你就赔
chángsānqiānliǎngyín zi ba gé lǎoméi fǎ zhǐ hǎogěi tā sānqiānliǎngyín zi
偿三千两银子吧。”阁老没法，只好给他三千两银子。

Bao Gong Tried the Stone
包公审石

〖Bao Gong Tried the Stone〗

There was once a boy living with his mother on selling youtiao, a Chinese twisted cruller. One day, after selling out all his youtiao, the boy counted the coppers he earned. And then, with all the money putting in the basket, he fell into sleep beside a rock. When he was awake, he found all the money was gone.

bāogōngshěnshí
包公审石

yǒu gè xiǎohái kàomài yóutiáozhèng jǐ gè tóngbǎn hé mā ma xiāng yī wéimìng yǒu yì tiān mài wán yóu
有个小孩靠卖油条挣几个铜板和妈妈相依为命。有一天，卖完油

tiáo tā yòng yóu hū hū de shuāngshǒu shǔ tóngqián zhī hòu bǎ qián fàng zài lán zi lǐ jiù lèi de kào zài lù biān
条，他用油乎乎的双手数铜钱，之后把钱放在篮子里就累得靠在路边

de shí tou shang shuì zháo le xǐng lái shí fā xiàn qián méi le
的石头上睡着了。醒来时发现钱没了。

智圆行方

Bao Gong, the man with black face and black beard, passed by with his fellows. Bao Gong was an officer in Song Dynasty, who was intelligent and well-known for his justice in interrogation. People called him Bao Qingtian or Black Bao Gong. Bao Gong asked the boy what had happened and then decided to interrogate the rock which was quite likely to have stolen the coppers of the boy. People laughed at Bao Gong because stone could not speak at all. It was ridiculous!

bāogōng zhènghǎo dài rén dǎ zhèr zǒuguò bāogōng shì gè sòngcháo de guānyuán hēi liǎn hēi hú zi
包公正好带人打这儿走过。包公是个宋朝的官员，黑脸黑胡子，

rén jia jiào tā bāoqīngtiān hēi bāogōng tā bàn shì gōngdào yòu hěn cōngmíng bāogōng xúnwèn
人家叫他“包青天”、“黑包公”。他办事公道，又很聪明。包公询问

le qíngkuàng shuō yào shěnwèn shí tou shì shí tou tōu le xiǎohái de qián wéi guān de rén hōngxiào bāogōng shì
了情况，说要审问石头，是石头偷了小孩的钱。围观的人哄笑包公是

gè hú tu dàn shí tou bú huì shuōhuà zěnnéng huí dá tā de wènhuà shěn shí tou tài huāngtáng le
个糊涂蛋！石头不会说话怎能回答他的问话，审石头太荒唐了。

More and more people gathered to see what Bao Gong would do. Bao Gong asked everyone to put a copper in the basin full of water one by one. Bao Gong caught one man after he put his copper in the basin and declared that this man was the thief. Everyone was astonished. Bao Gong said, “There must be some oil on the boy’s coppers since he sells youtiao all day long. And only after this man put his copper in the water can we see oil floating.” With his wisdom, Bao Gong found the real thief.

rényuè lái yuèduō bāogōng mìnglìng měi rén fàng yí gè tóngbǎn zài shí tou biān de shuǐpén lǐ yǒu yí ge
人越来越多，包公命令每人放一个铜板在石头边的水盆里。有一个
réngāng bǎ tóngqián diū jìn pén zi lǐ jiù jiào bāogōng zhuāzhù le shuō zhè ge rén jiù shì xiǎotōu dà jiā dōu
人刚把铜钱丢进盆子里，就叫包公抓住了，说这个人就是小偷。大家都
jué de qí guài bāogōng jiě shì xiǎohái de qián shang yǒu yóu zhǐ yǒu cǐ rén diū xià tóngqián hòu shuǐ
觉得奇怪，包公解释：“小孩的钱上有油，只有此人丢下铜钱后，水
miànshang fú qǐ le yì céngyóu cōngmíng de bāogōng zhuādào le xiǎotōu
面上浮起了一层油。”聪明的包公，抓到了小偷。

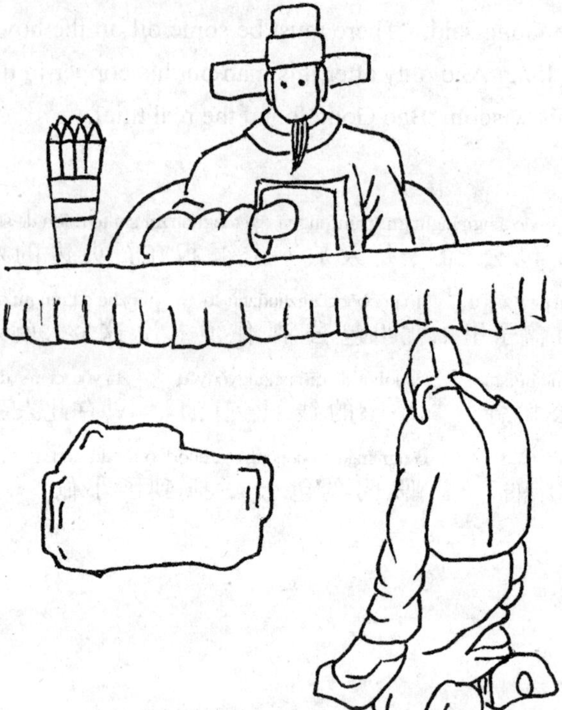

Zheng Banqiao Settled a Lawsuit
郑板桥断案

〖Zheng Banqiao Settled a Lawsuit〗

There was an old couple living on selling porridge on the street where the government of the county of Wei was located. One day Zheng Banqiao passed by the porridge shop and saw the old couple crying in front of the broken porridge crocks which they were making a living on.

zhèngbǎnqiáoduàn àn

郑板桥断案

zài wéi xiàn dà táng yá menqián de jiē shang yǒu yí duì yǐ mài zhōu wéi shēng de lǎo fū fù zhè tiān

在潍县大堂衙门前的街上，有一对以卖粥为生的老夫妇。这天，

zhèngbǎnqiáocóngzhōupéngqiánjīngguò jiàn lǎo fū fù zhèngshǒuzhe lài yǐ móushēng de yǐ bèi dǎ suì de gāng

郑板桥从粥棚前经过，见老夫妇正守着赖以谋生的已被打碎的缸

piànchóu de tí kū

片愁得啼哭。

Zheng Banqiao sent someone to ask who broke the crocks. The old couple answered it was those bullies who broke the crocks when they fought here. The officials went to ask those bullies, but they denied it and blamed the big bluestone instead. Thus according to Zheng Banqiao's order the stone was bound and taken to the lobby for interrogation. Everyone heard that Milord Zheng could settle a lawsuit with excellent judgement, but none of them believed he could try a stone. So these bullies followed people to see the judgement in the lobby. When they entered the lobby Zheng Banqiao ordered the officers to close the door and said to the public, "You are witnesses. I will make it clear

zhèngbǎnqiáopài rén wèn shì shuí dǎ suì de lǎo fū fù shuōshì nà biān jǐ gè è shào gāng cái zài zhè li
郑板桥派人问是谁打碎的，老夫妇说是那边几个恶少，刚才在这里
dòu ōu gěi dǎ suì de qù wèn nà jǐ gè è shào tā menshuōshì dì shang de yí kuài qīng shí tou gěi dǎ suì
斗殴给打碎的。去问那几个恶少，他们说是地上的一块青石头给打碎
de yú shì zhèngbǎnqiáoxià lìng jiāng dà qīng shí toubǎng le yā wǎng dà tángshěn gè míngbai zhòngrén
的。于是郑板桥下令，将大青石头绑了，押往大堂审个明白。众人
dōutīngshuōzhèng dà lǎo ye duàn àn rú shén dànshuí yě bú xìnzhèng dà lǎo ye hái néngshěn shí tou yú shì jǐ
都听说郑大老爷断案如神，但谁也不信郑大老爷还能审石头，于是几
gè è shào hé zhòngréngēnzhe jìn le dà tángyàokàn gè jiū jìng jìn le dà táng zhèngbǎnqiáomìng yá yi bǎ
个恶少和众人跟着进了大堂要看个究竟。进了大堂，郑板桥命衙役把
dà mén yì guānduì zhòngrénshuō nǐ mendōushì jiànzhèngrén dǎ suì gāng de xiōngshǒu jiū jìngshì shí tou
大门一关对众人说："你们都是见证人。打碎缸的凶手究竟是石头，

whether it's the stone or some of you that broke the crocks, or you are all suspected and no one can leave without my permission." Those bullies who had broke the crocks looked at each other in consternation and the others claimed inwardly, knowing that they could not go if they didn't recognize the prime criminal. While Zheng Banqiao only managed to judge his stone by beating it and calling it to make a confession. The bystanders felt restrained and annoyed and then pointed out the prime criminals. Those bullies were scared to kneel down and beg for mercy.

hái shì nǐ mendāngzhōng de mǒurén jīn tiān dà lǎo ye wǒ yàoshěn gè qīngchǔ nǐ mendōuyǒuxián yí shuí
还是你们当中的某人，今天大老爷我要审个清楚，你们都有嫌疑，谁

yě biéxiǎngzǒu jǐ gè dǎ suì gāng de è shàomiànmiànxiàng qù qí tā rénxīn li àn zì jiào kǔ zhī dào
也别想走。”几个打碎缸的恶少面面相觑，其他人心里暗自叫苦，知道

jīn tiān bù zhǐ rènchūyuánxiōngshì zǒu bù liǎo le ér zhèngbǎnqiáozhǐ guǎnshěn tā de shí tou yí huì dǎ bǎn
今天不指认出原凶是走不了了。而郑板桥只管审他的石头，一会打板

zi yí huìgāohǎnzhāogòng zhēteng le bàntiān gēnzhe jìn lái kàn rè naochū bú qù de rénmenzǎobiē de xīn
子，一会高喊招供。折腾了半天，跟着进来看热闹出不去的人们早憋得心

fán le yì qí hǎnzhī dàoyuánxiōngshì shuí jǐ gè è shàoxià de guì dì qiúráo
烦了，一齐喊知道元凶是谁。几个恶少吓得跪地求饶。

Bole and the Winged Steed
伯乐与千里马

〖Bole and the Winged Steed〗

Duke Qin Mu, the king of state of Qin loved horses best. Once he said to Bole, the famous horse seeker, "You are getting old. Do you have anybody to recommend among your sons and grandsons who can be a good horse seeker?" Bole replied, "A good horse can be recognized by its body shape, appearance, muscles and its frame, but this doesn't work for the best horse, the very rare winged steed. A winged steed looks very indistinct and capricious. However once it starts to run, all its hooves seem to be running over the ground without touching the dust, and the wheels of the carriage run as fast as the wind

bó lè yǔ qiān lǐ mǎ

伯乐与千里马

qín guó guó jūn qín mù gōng zuì ài hǎo mǎ yí cì tā duì shàn yú xiāng mǎ de bó lè shuō nín yǐ jīng
秦国国君秦穆公最爱好马。一次，他对善于相马的伯乐说："您已经
lǎo le nín de zǐ sūn dāng zhōng yǒu mei yǒu shàn yú xún zhǎo liáng mǎ de rén ne bó lè huí dá shuō
老了，您的子孙当中有没有善于寻找良马的人呢？"伯乐回答说：
yì pǐ hǎo mǎ kě yǐ tōng guò tā de xíng tǐ wài mào jī ròu hé gǔ gé lái jiàn bié zhì yú tiān xià hǎn yǒu
"一匹好马可以通过它的形体、外貌、肌肉和骨骼来鉴别。至于天下罕有
de qiān lǐ mǎ zé bù rán tā men kàn shàng qù mí lí huǎng hū hěn nán zhuō mō zhè yàng de mǎ yí dàn bēn
的千里马则不然，它们看上去迷离恍惚，很难捉摸。这样的马一旦奔
pǎo qǐ lái tí zi jiù hǎo xiàng lí kāi dì miàn bù zhān chén tǔ mǎ chē de lún zi yùn zhuǎn rú fēng bú zài
跑起来，蹄子就好像离开地面，不沾尘土；马车的轮子运转如风，不在

without leaving a track on the ground. Jiu Fanggao is my friend who gathered firewood with me. He is as good as me in seeking horses. Please allow me to recommend him to you."

The king summoned Jiu Fanggao and sent him to find a winged steed. Three months later, Jiu Fanggao came back and reported to the king, "I've found it, right in Shaqiu." The king asked, "What's it like?" Jiu Fanggao said, "It's a yellow mare." The king sent people to get the yellow mare, but found it a black colt. The king was unhappy. He summoned Bole and said to him, "The man you recommended to seek the winged steed is stupid! He couldn't even tell the color and gender of a horse! How can he tell the quality

dì shang liú xià zhé yìn wǒ yǒu yí wèi yǔ wǒ yì tóng dǎ chái de péngyou míngjiào jiǔ fānggāo tā xiāng mǎ de
地上留下辙印。我有一位与我一同打柴的朋友，名叫九方皋，他相马的

běnlǐng bú zài wǒ zhī xià qǐngyǔn xǔ wǒ dài tā lái jiàn nín
本领不在我之下。请允许我带他来见您。"

qín mù gōng zhàojiàn le jiǔ fānggāo pài tā qù xúnzhǎo qiān lǐ mǎ sān ge yuè zhī hòu jiǔ fānggāo
秦穆公召见了九方皋，派他去寻找千里马。三个月之后，九方皋

huí lái bàogào zhǎodào le jiù zài shāqiū qín mù gōng wèn nà shì zěnyàng de yì pǐ mǎ
回来报告："找到了，就在沙丘。"秦穆公问："那是怎样的一匹马

ne jiǔ fānggāo huí dá shì yì pǐ huáng sè de cí mǎ qín mù gōng pài rén qù qǔ nà pǐ huáng
呢？"九方皋回答："是一匹黄色的雌马。"秦穆公派人去取那匹黄

sè de cí mǎ què fā xiàn shì yì pǐ hēi sè de xióng mǎ qín mù gōng bù gāoxìng le zhàojiàn bó lè bìng duì
色的雌马，却发现是一匹黑色的雄马。秦穆公不高兴了，召见伯乐并对

tā shuō nǐ tuī jiàn de nà ge zhǎo mǎ rén zhēn zāogāo a lián mǎ de máo sè cí xióng dōu fēn biàn bù
他说："你推荐的那个找马人真糟糕啊！连马的毛色、雌雄都分辨不

of a horse?"

Bole gave out a deep sigh and said, "He has reached this level! This is why he is much better a horse seeker than I! What Jiu Fanggao sees in a horse is its talent. He observes the major element of a horse but ignores the minor ones. He sees the essential characteristics but ignores the appearance. He only sees what he needs to see and pays attention to what he should attach importance to."

The horse arrived, and it was indeed a rare winged steed.

qīng yòu rú hé néng shí bié mǎ de yōu liè ne
清，又如何能识别马的优劣呢？"

bó lè tīng le cháng tàn yì shēng dào tā jìng rán dào le zhè zhǒng jìng jiè zhè zhèng shì tā bǐ wǒ gāo
伯乐听了，长叹一声道："他竟然到了这种境界！这正是他比我高

míng de dì fang a xiàng jiǔ fāng gāo suǒ kàn dào de shì mǎ de tiān fù tā guān chá dào mǎ de běn zhì yīn sù
明的地方啊！像九方皋所看到的，是马的天赋，他观察到马的本质因素

ér hū lüè qí cì yào yīn sù fā xiàn mǎ de nèi zài tè zhì ér hū lüè mǎ de wài guān xíng xiàng tā zhǐ kàn tā xū
而忽略其次要因素，发现马的内在特质而忽略马的外观形象。他只看他需

yào kàn de dōng xi zhù yì tā rèn wéi zhòng yào de dōng xi
要看的东西，注意他认为重要的东西。"

mǎ bèi qǔ huí lái le guǒ rán shì yì pǐ tiān xià xī yǒu de qiān lǐ mǎ
马被取回来了，果然是一匹天下稀有的千里马。

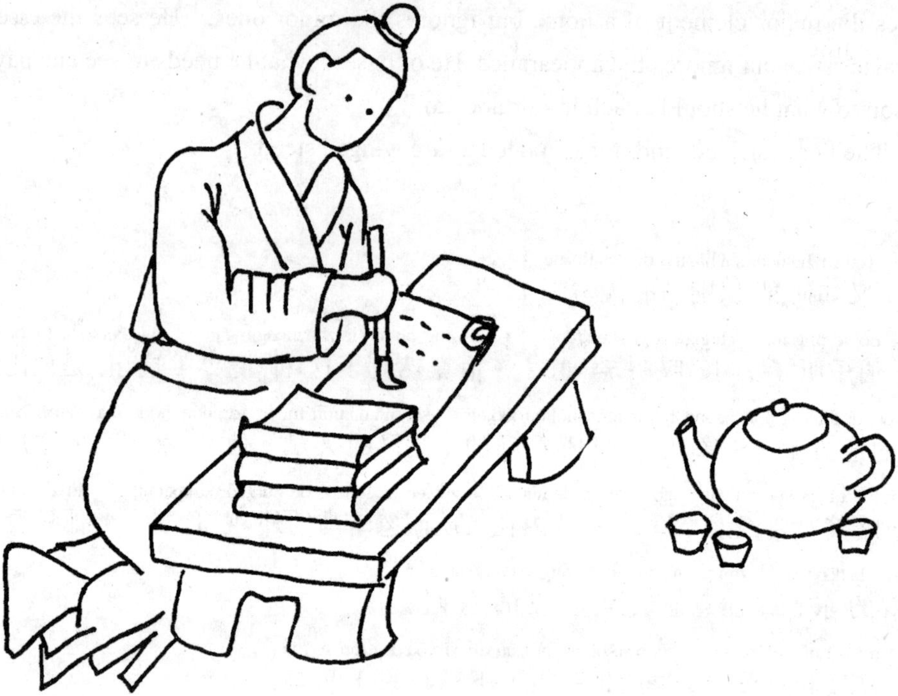

The Tea Saint—Lu Yu
茶神陆羽

〖The Tea Saint—Lu Yu〗

Lu Yu was born in Tang Dynasty, but was abandoned soon after his birth and was picked by the monk Zhi Ji of Long Gai Temple. He not only became literate but also learned to brew tea. At the age of 13, he left the temple and performed with a troupe. At one performance in a feast, he was appreciated by a local prefect, Li Qiwu. Li gave him some books and recommended him to study at Teacher Zou in Huomen Mountain.

cháshén lù yǔ

茶神陆羽

lù yǔ shēng yú táng dài chūshēnghòu bù jiǔ jí bèi yí qì bèi lóng gài sì zhì jī dà shī suǒ shí huò zài sì zhōng tā bú dàn xué dé le shí zì yě xué huì le pēng chá suì nà nián tā lí kāi sì yuàn suí yí ge xì tuán dào chù yǎn chū zài yí cì yàn huì de yǎn chū zhōng bèi dāng dì tài shǒu lǐ qí wù suǒ shǎng shí zèng yǔ yì xiē shī shū bìng jiè shào tā dào huǒ mén shān zōu fū zǐ chù dú shū

陆羽生于唐代，出生后不久即被遗弃，被龙盖寺智积大师所拾获。在寺中他不但学得了识字，也学会了烹茶。13岁那年他离开寺院，随一个戏团到处演出。在一次宴会的演出中，被当地太守李齐物所赏识，赠与一些诗书，并介绍他到火门山邹夫子处读书。

Lu Yu got off the mountain at 19 and often traveled, tasted tea, appreciated water and discussed poems with his good friend, Cui Guofu. He had very good literature accomplishments and also some famous people as his sincere friends, including Yan Zhenqing and Zhang Zhihe.

tā shí jiǔ suì shí xué chéng xià shān cháng yǔ hǎoyǒu shī rén cuī guó fǔ yì qǐ chūyóu pǐn chá jiàn
他十九岁时学成下山，常与好友——诗人崔国辅一起出游，品茶鉴
shuǐ tán shī lùn wén lù yǔ yǒu hěn gāo de wénxué zào yì hé yán zhēnqīng zhāng zhì hé děng yì pī míng shì
水，谈诗论文。陆羽有很高的文学造诣，和颜真卿、张志和等一批名士
xiāng jiāo shèn dǔ
相交甚笃。

Not interested in the officialdom, Lu Yu was madly keen on drinking tea. He traveled around the country, tasted all kinds of famous water and tea to research the varieties and characters of tea. He came to the tea-producing area, plucking and manufacturing tea, and devoted his heart and soul to the tea research. He retreated to Tiao Xi the present Wu Xing of Zhe Jiang province to write a book. With his long years of experiences, he finally worked out the first monograph on tea in China and even in the world—*Tea Scripture*. So he was honored as the "Tea Saint" by posterity.

lù yǔ duì dāngguān háo wú xìng qù wéi dú shì chá rú mìng tā wèi le yán jiū chá de pǐn zhǒng hé tè
陆羽对当官毫无兴趣，惟独嗜茶如命，他为了研究茶的品种和特
xìng yóu lì tiān xià cháng biàn gè dì de míng shuǐ hé míng chá shēn rù chǎn dì cǎi chá zhì chá yì xīn
性，游历天下，尝遍各地的名水和名茶，深入产地，采茶制茶，一心
pū zài yán jiū chá shang tā yǐn jū zài tiáo xī jīn zhè jiāng wú xīng zhuān xīn zhù zuò tā jī duō nián jīng yàn
扑在研究茶上。他隐居在苕溪今浙江吴兴，专心著作。他积多年经验，
zhōng yú xiě chū le zhōng guó dì yī bù yě shì shì jiè dì yī bù yán jiū chá de zhuān zhù chá jīng gù hòu
终于写出了中国第一部，也是世界第一部研究茶的专著《茶经》，故后
rén zūn chēng qí wéi chá shén
人尊称其为“茶神”。

Cang Jie Created the Characters
仓颉造字

〖Cang Jie Created the Characters〗

Cang Jie was the original hieroglyphic creator of our country. Once the Yellow Emperor's troops were engaged in a war, and neither side knew who would win. The Yellow Emperor planned to change the military tactics, but Cang Jie, the Emperor's official historian, lost the battle map. And the Yellow Emperor had to withdraw troops back to

cāng jié zào zì

仓颉造字

cāng jié shì wǒ guó yuán shǐ xiàng xíng wén zì de chuàng zào zhě　yí cì　huáng dì jūn duì yǔ dí jiāo zhàn
仓颉是我国原始象形文字的创造者。一次，黄帝军队与敌交战，

shèng fù wèi fēn　huáng dì zhǔn bèi gǎi biàn zhàn shù　zuǒ shǐ guān cāng jié què bǎ zuò zhàn tú diū shī le　huáng
胜负未分。黄帝准备改变战术，左史官仓颉却把作战图丢失了，黄

dì wú nài zhǐ hǎo shōu bīng huí yíng　huáng dì duì cāng jié shuō　nǐ zěn néng zài dǎ zhàng de shēng sǐ guān tóu
帝无奈只好收兵回营。黄帝对仓颉说："你怎能在打仗的生死关头

the camp. The Yellow Emperor said to Cang Jie, "How could you lose the battle map at the crucial moment?" Cang Jie answered, "If only I could have recorded your words with pictures." The Yellow Emperor felt what he said was quite reasonable, and then ordered him to do so. Cang Jie dwelt on it all day long. When the winter came, there was a heavy snow at mid-night. Cang Jie climbed up a mountain to hunt early in the next morning. He saw the long claw-prints on the snow after two pheasants walked through. Then two fawns also rushed out from the forest, and left behind the hoof prints again on the snow.

bǎ zuòzhàn dì tú diūshī le cāng jié huí dá yàoshi néng bǎ nín de huàdōuyòng tú huà jì lù xià lái jiù
把作战地图丢失了？”仓颉回答：“要是能把您的话都用图画记录下来就

hǎo le huáng dì jué de tā shuō de hěnyǒudào lǐ jiù xiàlìngcāng jié fù zé cǐ shì cāng jié zhěngtiān kǔ
好了。”黄帝觉得他说得很有道理，就下令仓颉负责此事。仓颉整天苦

sī míngxiǎng zhuǎnyǎndào le dōngtiān yì tiān yè lǐ xià le yì chǎng dà xuě cāng jié dì èr tiānzǎochén
思冥想，转眼到了冬天。一天夜里下了一场大雪，仓颉第二天早晨

shàngshān dǎ liè kàndàoliǎngzhī shān jī zǒuguòhòu xuě dì shang liú xià le chángchang de zhuǎyìn liǎng
上山打猎，看到两只山鸡走过后，雪地上留下了长长的爪印。两

zhī xiǎo lù yě cuànchūshù lín xuě dì shangyòu liú xià le xiǎo lù de tí yìn cāng jié xiǎng shì jiè shangrèn
只小鹿也窜出树林，雪地上又留下了小鹿的蹄印。仓颉想，世界上任

Cang Jie thought that anything in the world could be drawn according to its shape. He came back and reported to the Yellow Emperor his idea. The Yellow Emperor was very happy to hear this, and allowed him to fulfil his thought. From then on, Cang Jie observed and recorded the shapes of the sun, the moon and stars up in the sky, the animals, mountains and streams on the ground, thus created the hieroglyph.

hé dōng xi zhǐ yào àn zhào tā yuányǒu de xínghuàchū lái bú jiù chéng le ma cāng jié huí qù hòu bǎ xiǎng fǎ
何东西，只要按照它原有的形画出来不就成了吗！仓颉回去后把想法

xiànghuáng dì bàogào huáng dì tīnghòuhěngāoxìng zhǔn qí zhàozuò cóng cǐ cāng jié měi rì yǎngguān rì
向黄帝报告。黄帝听后很高兴，准其照做。从此，仓颉每日仰观日

yuèxīngchén fǔ chániǎoshòushānchuān chuàngzàochū le xiàngxíngwén zì
月星辰，俯察鸟兽山川，创造出了象形文字。

Chatting at the Starry Night

星空夜话

"50 Steps" Laughed at "100 Steps"
五十步笑百步

〖“50 Steps” Laughed at “100 Steps”〗

The armies of two states were fighting with each other on the battlefield. Both of them were engaged in hot battle, and cheered by their own war drums. For fear of losing their lives in the battle, two timid soldiers retreated, one by fifty paces and the other a hundred.

wǔ shí bù xiào bǎi bù

五十步笑百步

liǎng guó jūn duì zài zhàn chǎng shang dǎ qǐ zhàng lái dāo guāng jiàn yǐng zhàn gǔ dōng dōng shuāng fāng
两国军队在战场上打起仗来。刀光剑影，战鼓咚咚，双方

de shì bīng bó dòu de hěn jī liè yǒu liǎng ge dǎn xiǎo de shì bīng shēng pà zài zhàn dòu zhōng diū le mìng tā
的士兵搏斗得很激烈。有两个胆小的士兵，生怕在战斗中丢了命，他

men diào zhuǎn shēn zi jiù pǎo qí zhōng yí ge pǎo le yì bǎi bù tíng le xià lái lìng yí ge pǎo le wǔ shí bù tíng
们掉转身子就跑。其中一个跑了一百步停了下来，另一个跑了五十步停

le xià lái
了下来。

The one who retreated by fifty steps laughed at the other saying, “You are so timid as to be afraid of losing your life, and even retreated by a hundred steps.”

The soldier who ran a hundred steps away answered, “I am really timid, but you are no braver than me. If you are, why are you fleeing?”

pǎo wǔ shí bù de yuǎn yuǎn de cháo xiào nà ge pǎo le yì bǎi bù de shuō qiáo nǐ de dǎn zi duō xiǎo
跑五十步的远远地嘲笑那个跑了一百步的说：“瞧你的胆子多小，
zhè me pà sǐ jìng rán pǎo le yì bǎi bù
这么怕死，竟然跑了一百步！”

pǎo yì bǎi bù de shuō wǒ de dǎn zi shì xiǎo kě nǐ de dǎn zi yě bù bǐ wǒ dà ya yào bù nǐ wèi
跑一百步的说：“我的胆子是小，可你的胆子也不比我大呀，要不你为
shén me yě táo pǎo ne
什么也逃跑呢？”

The one who ran fifty steps away said, "but I only ran fifty steps!"

The other said, "There's no difference! You are also fleeing anyway. How can a really brave soldier run away from the battlefront?"

pǎo wǔ shí bù de shuō kě shì wǒ cái pǎo le wǔ shí bù ya
跑五十步的说："可是我才跑了五十步呀！"

pǎo yì bǎi bù de shuō nà yě shì pǎo le zhēn zhèng yǒng gǎn de shì bīng zěn me huì zài zhàn chǎng shang táo pǎo ne
跑一百步的说："那也是跑了，真正勇敢的士兵怎么会在战场上逃跑呢！"

No Silver Here
此地无银三百两

〖No Silver Here〗

Zhang San pinched and scraped saving three hundred liang of silver, which brought him both happiness and anxiety. That was a large amount of money indeed, and if it was stolen, no pleasure of life would remain. He racked his brains, trying to find a place safe enough for his treasure.

cǐ dì wú yín sān bǎi liǎng

此地无银三百两

zhāngsānshěngchījiǎnyòng jī zǎn le sānbǎiliǎngyín zi zhè bǐ jù dà de cái fù jì shǐzhāngsānkāi xīn yě
张三省吃俭用积攒了三百两银子。这笔巨大的财富既使张三开心也

ràng tā jiāo lǜ bù ān rú guǒzhè bǐ qián bèi dào tā zhè bèi zi jiù zài yě méiyǒukuài lè kě yán le tā jiǎo
让他焦虑不安。如果这笔钱被盗，他这辈子就再也没有快乐可言了。他绞

jìn nǎozhī xiǎngyàozhǎo yí ge ān quán de dì fangcángyín zi
尽脑汁想要找一个安全的地方藏银子。

He looked around and could detect no safe place in his house at all. After several days' hard thinking, he finally conceived a good idea. When night fell, under the cover of darkness, he dug a hole at the corner of a wall in his back yard. There he buried the silver secretly. To make it safer, he put a note on the wall:

"Three hundred liang of silver is not buried here."

Now Zhang San thought he could set his heart at ease and fall asleep soundly.

tā zuǒkànyòukàn jué de wū zi li shénme dì fangdōu bù ān quán míng sī kǔ xiǎng tā zǒngsuànxiǎng
他左看右看，觉得屋子里什么地方都不安全，冥思苦想他总算想
dào le yí ge hǎobàn fǎ dānghēi yè jiàng lín zài yè mù de yǎn hù xià tā zài hòuyuànqiángjiǎo wā le yí
到了一个好办法。当黑夜降临，在夜幕的掩护下，他在后院墙角挖了一
ge dòng mì mì de jiāngyín zi mái le jìn qù wèi le bǎoxiǎn qǐ jiàn tā hái zài qiángshang tiē le yì zhāng
个洞，秘密地将银子埋了进去。为了保险起见，他还在墙上贴了一张
zhǐ tiáo
纸条：

cǐ dì wú yín sān bǎi liǎng
"此地无银三百两。"

xiàn zài zhāngsān zǒngsuàn kě yǐ wú yōu wú lǜ de tǎnrán rù shuì le
现在张三总算可以无忧无虑地坦然入睡了。

But all this had been seen by his neighbor Wang Er, who waited till mid-night and then went to dig out the silver. Wang Er, no less clever than Zhang San, also made a plan not to be suspected. Side by side with Zhang San's note, he put another, which read,

"Your neighbor Wang Er didn't steal it."

So you see, in this way both of their secrets were so openly concealed!

méi liào dào zhè yí qiè dōu ràng lín jū wáng èr kàn zài yǎn lǐ　děng dào bàn yè shí fēn　wáng èr tōu tōu pǎo
没料到这一切都让邻居王二看在眼里。等到半夜时分，王二偷偷跑
qù bǎ yín zi wā le chū lái　ruò lùn cōng míng cái zhì　wáng èr yì diǎn yě bù bǐ zhāng sān chà　wèi le bì
去把银子挖了出来。若论聪明才智，王二一点也不比张三差。为了避
xián　tā xiǎng chū yí gè zhēn fēng xiāng duì de hǎo bàn fǎ　zài zhāng sān zhǐ tiáo de bìng pái chù　tā yě tiē le
嫌，他想出一个针锋相对的好办法。在张三纸条的并排处，他也贴了
zhāng zhǐ tiáo　shàng mian xiě zhe
张纸条，上面写着：

gé bì wáng èr bù céng tōu
"隔壁王二不曾偷。"

qiáo　tā men jiù shì zhè yàng gōng kāi de yǐn cáng le zì jǐ de mì mì
瞧，他们就是这样公开地隐藏了自己的秘密。

Governing the State with Half of *the Analects*
半部论语治天下

〖Governing the State with Half of *the Analects*〗

Zhao Pu was the first Prime Minister of the Northern Song Dynasty, and he assisted successively two emperors—Emperor Taizu of Song Dynasty named Zhao Kuangyin and Emperor Taizong named Zhao Guangyi.

bàn bù lún yǔ zhì tiān xià

半部论语治天下

zhào pǔ shì běi sòng de kāi guó zǎi xiàng bìng qiě lián xù fǔ zuǒ le sòng tài zǔ zhào kuāng yìn hé sòng tài zōng zhào guāng yì liǎng wèi huáng dì

赵普是北宋的开国宰相，并且连续辅佐了宋太祖赵匡胤和宋太宗赵光义两位皇帝。

Zhao Kuangyin appreciated his ability very much, and considered him prophetic and able to handle affairs carefully and prudently. When Zhao Guangyi became the emperor, many courtiers said that Zhao Pu had only read one book—*the Analects* and was not qualified to be the Prime Minister. Once in their conversation, Emperor Taizong asked Zhao Pu, "Some people said that you had only read one book—*the Analects*. Is it true?" Zhao Pu answered, "I have a book named *the Analects*. I used half of it to assist

zhào kuāng yìn duì zhào pǔ de néng lì shèn wéi zàn shǎng rèn wéi tā yǒu xiān jiàn zhī míng qiě chǔ shì zhōu mì chí
赵匡胤对赵普的能力甚为赞赏，认为他有先见之明，且处事周密持

zhòng děng dào zhào guāng yì zuò huáng dì shí hěn duō rén shuō zhào pǔ zhǐ dú le yí bù lún yǔ ér yǐ
重。等到赵光义作皇帝时，很多人说赵普只读了一部《论语》而已，

bú shì hé zuò zǎi xiàng yǒu yí cì tài zōng zài hé zhào pǔ xián tán shí wèn qǐ yǒu rén shuō nǐ zhǐ dú guò yí
不适合作宰相。有一次，太宗在和赵普闲谈时问起："有人说你只读过一

bù lún yǔ shì zhēn de ma zhào pǔ huí dá dào chén yǒu lún yǔ yí bù yǐ bàn bù zuǒ tài zǔ
部《论语》，是真的吗？"赵普回答道："臣有论语一部，以半部佐太祖

Emperor Taizu in taking power, and use the other half to assist you in governing the country." By saying this, Zhao Pu meant that he used the two halves of *the Analects* respectively to assist the brothers of Zhao in getting the throne and ruling the country. From here we can see the importance of *the Analects* in governing the country and ruling the country.

dìng tiān xià yǐ bàn bù zuǒ bì xià zhì tiān xià zài zhè li zhào pǔ shuō zì jǐ gè lì yòng bàn bù lún
定天下，以半部佐陛下治天下。”在这里，赵普说自己各利用半部《论
yǔ fēn bié fǔ zuǒ zhào jiā xiōng dì duó qǔ hé zhì lǐ tiān xià kě jiàn lún yǔ zài zhì guó píng tiān xià fāng
语》分别辅佐赵家兄弟夺取和治理天下，可见《论语》在治国平天下方
miàn de zhòng yào zuò yòng
面的重要作用。

Buying the Casket and Returning the Pearl
买椟还珠

〖Buying the Casket and Returning the Pearl〗

A man of Chu once got a very precious pearl, and wanted to make some money out of it. In order to make it look more valuable, he decided to match it with a beautiful casket. He managed to find some fragrant wood, out of which he made the casket with a fortune and elaborate work. It was really remarkable, with pretty charming patterns carved on it and well-designed decorations of colored stones and lovely feathers.

mǎi dú huánzhū

买椟还珠

yí ge chǔguórén dé dào le yì kē fēi chángbǎoguì de zhēnzhū xiǎngmài diào tā zhuàndiǎnqián wèi le
一个楚国人得到了一颗非常宝贵的珍珠，想卖掉它赚点钱。为了

shǐ zhēnzhūxiǎn de gèngguì zhòng tā juédìngzuò yí ge kě yǐ pèi de shàng tā de mù hé tā dàochùsōuxún
使珍珠显得更贵重，他决定做一个可以配得上它的木盒。他到处搜寻，

zhōng yú nòngdào le yì xiē xiāngmù ránhòu tā bù xī gōngběn jīngxīn zhì zuò zhuāngzhēnzhū de hé zi
终于弄到了一些香木。然后他不惜工本，精心制作。装珍珠的盒子

zhōng yú zuòchéng le hé zi shàngmian diāo kè zhe mí rén de huāwén shì yǐ qiǎomiàoshè jì de wǔ cǎi shí tou
终于做成了，盒子上面雕刻着迷人的花纹，饰以巧妙设计的五彩石头

hé piàoliang de yǔ máo zhēnshì měi jí le
和漂亮的羽毛，真是美极了。

With pearl in casket and casket in hand, he went to the market. Hardly had he got there when a man of Zheng was attracted by the glittering casket. He took it over, observed it from side to side, and fondled it admiringly. Without bargaining, he offered a high price. When he opened the casket, the pearl emerged, shining. But the man of Zheng showed no interest in it and gave it back before going away with the casket.

tā bǎ zhēnzhū zhuāng jìn hé zi li shǒu pěng zhe tā lái dào shì chǎngshang yí ge zhèngguórén lì kè
他把珍珠装进盒子里，手捧着它来到市场上。一个郑国人立刻

bèi zhè guāng cǎi duó mù de hé zi xī yǐn zhù le tā ná guò hé zi zǐ xì de kàn le yì fān hòu ài bú shì
被这光彩夺目的盒子吸引住了。他拿过盒子仔细地看了一番后，爱不释

shǒu chū gāo jià jiāng tā mǎi le xià lái dāng tā dǎ kāi hé zi zhēnzhū chū xiàn le shǎnshǎn fā guāng
手，出高价将它买了下来。当他打开盒子，珍珠出现了，闪闪发光。

dàn shì zhè ge zhèngguórén què háo wú xìng qù de bǎ zhēnzhū jiǎn le chū lái jiāo gěi mài zhǔ rán hòu ná zhe hé
但是这个郑国人却毫无兴趣地把珍珠捡了出来，交给卖主，然后拿着盒

zi yáng cháng ér qù
子，扬长而去。

For quite some time the seller could not understand what had happened. Looking at the pearl, he sighed and murmured, "Well, if all are like the buyer, valuing only to a thing's appearance and neglecting the essential, then, my poor pearl, you could have no better destiny than burying yourself into the earth!"

hǎobàntiān mài zhūrén dōu bù míngbai zhè shì zěnme yì huí shì zuì hòu tā wàngzhe zhēnzhū tàn le
好半天，卖珠人都不明白这是怎么一回事。最后，他望着珍珠，叹了
yì kǒu qì zì yán zì yǔ de shuō ài rú guǒ dà jiā dōu xiàng zhè ge mǎi zhū de rén zhī zhù zhòng wài
一口气，自言自语地说："唉，如果大家都像这个买珠的人，只注重外
biǎo hū lüè shí zhì kě lián de zhēnzhū ɑ zhǐ pà nǐ bú huì yǒu bǐ mái mò chén āi gèng hǎo de mìngyùn
表，忽略实质，可怜的珍珠啊，只怕你不会有比埋没尘埃更好的命运
le
了。"

Jiang Ziya's Fishing
姜太公钓鱼

〖Jiang Ziya's Fishing〗

The story happened around 3,000 years ago. There was a wise man named Jiang Ziya living in a village near the Weishui River. He often went fishing at the Weishui River, but he would fish in an unusual way. He hung a straight fishhook, without bait, three feet above the water.

jiāng tài gōng diào yú

姜太公钓鱼

gù shi fā shēng zài duō nián qián yǒu gè zhì zhě míng zi jiào jiāng zǐ yá zhù zài wèi shuǐ hé biān

故事发生在3000多年前。有个智者名字叫姜子牙，住在渭水河边

de xiǎo cūn zhuāng lǐ tā cháng zài wèi hé biān diào yú bú guò tā diào yú de fāng fǎ hěn tè bié tā yòng

的小村庄里。他常在渭河边钓鱼。不过，他钓鱼的方法很特别，他用

zhí gōu diào yú yú gōu shang yě méi guà yú ěr ér qiě yú gōu lí shuǐ miàn hái yǒu sān chǐ yuǎn

直钩钓鱼，鱼钩上也没挂鱼饵，而且鱼钩离水面还有三尺远。

One day a farmer named Wu Ji passed by the river, and saw his strange way of fishing. He laughed and said, "How stupid it is to even think about fishing this way. How many fishes can you get?" Jiang Ziya replied, "If a fish doesn't want to live any more, it will come and swallow the hook itself."

yì tiān yí ge jiào wǔ jí de qiáo fū lù guò hé biān kàn dào jiāng zǐ yá qí tè de diào yú fāng fǎ xiào
一天，一个叫武吉的樵夫路过河边，看到姜子牙奇特的钓鱼方法，笑

dào xiǎng chū zhè zhǒng fāng fǎ diào yú zhēn shì tài chǔn le nǐ zhè yàng néng diào duō shǎo yú ne jiāng
道：“想出这种方法钓鱼真是太蠢了，你这样能钓多少鱼呢？”姜

zǐ yá dá dào rú guǒ yú ér bù xiǎng huó le zì rán huì shàng gōu de
子牙答道：“如果鱼儿不想活了，自然会上钩的。”

Later his strange way of fishing was reported to the Duke Ji Chang. Ji Chang was very interested, and went to visit Jiang personally. Soon they became great friends as Ji Chang realized that Jiang might be a great talent. He invited Jiang to work for him. Since then Jiang helped Ji Chang King Wen and his son King Wu turn over Shang Dynasty and establish Zhou Dynasty. Jiang was granted the title of Taigong, so people also called him Jiang Taigong.

Today, people use this old idiom "A Willing Victim Letting Himself Caught" to describe someone who falls in a trap willingly.

hòu lái yǒu rén jiāng jiāng zǐ yá yòng zhí gōu diào yú de shì bào gào gěi zhū hóu jī chāng jī chāng jué de
后来，有人将姜子牙用直钩钓鱼的事报告给诸侯姬昌，姬昌觉得
hěn yǒu qù qīn zì lái bài fǎng jiāng zǐ yá gēn tā jiāo le péng yǒu jī chāng rèn wéi jiāng zǐ yá huì chéng wéi
很有趣，亲自来拜访姜子牙，跟他交了朋友。姬昌认为姜子牙会成为
liǎo bu qǐ de rén wù suì yāo qǐng tā wèi zì jǐ gōng zuò cǐ hòu jiāng zǐ yá fǔ zuǒ wén wáng jī chāng jì ér
了不起的人物，遂邀请他为自己工作。此后姜子牙辅佐文王姬昌，继而
fǔ zuǒ wén wáng de ér zi wǔ wáng miè le shāng cháo jiàn lì le zhōu cháo jiāng zǐ yá bèi fēng wéi tài
辅佐文王的儿子武王，灭了商朝，建立了周朝。姜子牙被封为太
gōng rén men dōu chēng tā wéi jiāng tài gōng
公，人们都称他为姜太公。

jīn tiān rén men yòng jiāng tài gōng diào yú yuàn zhě shàng gōu zhè ge chéng yǔ xíng róng zì tóu luó
今天，人们用"姜太公钓鱼，愿者上钩"这个成语形容自投罗
wǎng de rén
网的人。

王

〖Who Tied the Bell〗

Monk Fadeng, bold, forthright, and unrestrained by his nature, preferred to have his own way in life. He often ignored the Buddhist doctrine and broke the rules. Although he was despised by many other monks, he paid no attention to this at all.

jiě líng hái xū jì líng rén

解铃还须系铃人

fǎ dēng hé shang yǒng gǎn zhí shuǎng shēng xìng wú jū wú shù tā cháng wǒ xíng wǒ sù wú shì fó fǎ

法灯和尚勇敢直爽，生性无拘无束。他常我行我素，无视佛法

fó guī suī rán xǔ duō hé shang yīn cǐ shí fēn qīng shì tā tā què háo bú zài yì

佛规。虽然许多和尚因此十分轻视他，他却毫不在意。

Fayan, the master of the temple, knew him very well and appreciated his cleverness, so he often helped him in one way or another.

To improve the impression on him, the master decided to help him cut a figure. So one day, in the presence of all the monks, Fanyan put forward a question, "Could you tell me who can untie the bell around a tiger's neck?"

fǎ yǎn fǎ shī duì tā hěn liáo jiě bìng xīn shǎng tā de cōng míng cái zhì cháng cháng yǐ gè zhǒng fāng shì bāng zhù tā
法眼法师对他很了解，并欣赏他的聪明才智，常常以各种方式帮助他。

wèi le tí gāo tā zài qí tā hé shang xīn mù zhōng de dì wèi fǎ yǎn jué dìng shè fǎ ràng tā lòu lòu tóu jiǎo
为了提高他在其他和尚心目中的地位，法眼决定设法让他露露头角。yì tiān dāng suǒ yǒu de hé shang dōu zài chǎng shí fǎ yǎn tí chū le yí ge wèn tí jì zài lǎo hǔ bó zi shang de líng dang shuí néng qǔ xià lái
一天，当所有的和尚都在场时，法眼提出了一个问题："系在老虎脖子上的铃铛，谁能取下来？"

The monks looked at each other in consternation. The mere imagination of untying the bell, standing closely in front of a tiger with arms around the beast's neck, made them shiver. All kept silent, for the question was too hard a nut for them to crack. But Fadeng stepped forward and replied with ease, "It's rather simple—since someone could tie the bell to the neck of the tiger, he can certainly untie it!"

This answer was really witty. Other monks looked at him with surprise and respect. They did not expect him to be so smart, so from then on they no longer looked down upon him.

hé shang men miàn miàn xiāng qù xiǎng dào zhàn zài lǎo hǔ miàn qián liǎng zhī shǒu bì rào zài lǎo hǔ de bó
和尚们面面相觑。想到站在老虎面前，两只手臂绕在老虎的脖
zi shang qù jiě líng de qíng jǐng yí gè ge xià de sè sè fā dǒu tā men zhāng kǒu jié shé shuí yě huí dá bù
子上去解铃的情景，一个个吓得瑟瑟发抖。他们张口结舌，谁也回答不
chū lái kě shì fǎ dēng què zhàn chū lái qīng sōng de huí dá shuō zhè hái bù jiǎn dān shuí néng jì líng
出来。可是法灯却站出来，轻松地回答说："这还不简单？谁能系铃，
tā dāng rán jiù néng jiě líng
他当然就能解铃。"

tā de huí dá fēi cháng jī zhì shǐ hé shang men bù yóu de dōu jīng qí ér jìng mù de wàng zhe tā méi xiǎng
他的回答非常机智，使和尚们不由得都惊奇而敬慕地望着他，没想
dào tā zhè me cōng míng zài bù qīng shì tā le
到他这么聪明，再不轻视他了。

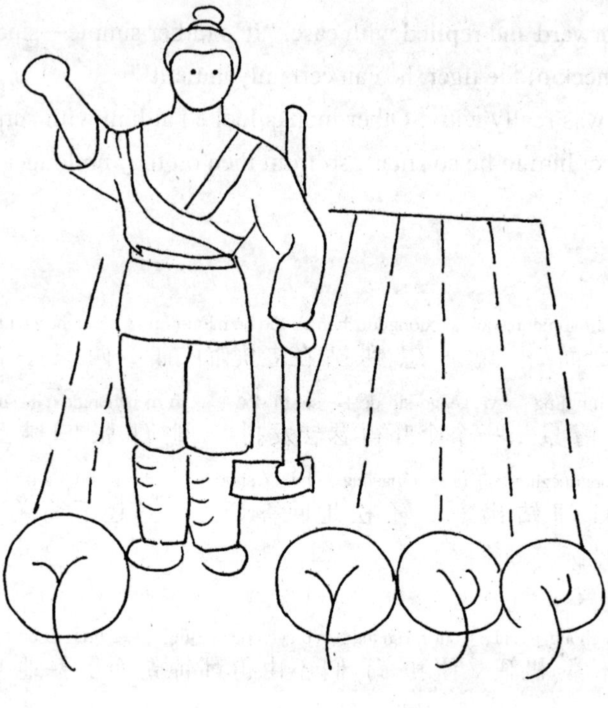

Hou Ji's Teaching of Cultivation
后稷教民稼穑

〖Hou Ji's Teaching of Cultivation〗

Hou Ji, originally named Qi, was said to be a man in the remote ages and the ancestor of the clansman of Zhou. It was said that he was born after his mother stepped on the footprint of a god. His father thought it was bodeful to have a baby in this way and decided to abandon him. But the attempts failed one after another, each time Hou Ji was saved by some mysterious powers. Finally his mother brought him back home and named him Qi.

hòu jì jiāomín jià sè

后稷教民稼穑

hòu jì shì chuánshuōzhōngshàng gǔ shí qī de rén wù běnmíng qì shì zhōu zú de shǐ zǔ xiāngchuán
后稷是传说中上古时期的人物，本名弃，是周族的始祖。相传

tā shì mǔ qīn zài jiāowài cǎi dàoshénrén de jiǎoyìn ér shēngxià de tā de fù qīnrènwéizhèyàng dé dào de hái zi
他是母亲在郊外踩到神人的脚印而生下的。他的父亲认为这样得到的孩子

bù xiáng biànxiàlìng bǎ hòu jì diū qì kě shì diū le jǐ cì dōuméiyǒuchénggōng hòu jì bèi gè zhǒngshén
不祥，便下令把后稷丢弃。可是丢了几次都没有成功，后稷被各种神

qí de lì liangjiù qǐ zuì hòubèi mǔ qīnbàohuí yě yīn cǐ dé míng qì
奇的力量救起，最后被母亲抱回，也因此得名“弃”。

Since his childhood, Qi was keen on games like seeding in spring and harvesting in autumn. And through the games, he found many principles in cultivation. After growing up, he specialized in agricultural cultivation and taught people how to plough and grow crops. At that time, people mainly lived on hunting and collecting wild fruits. And they always starved because of the lack of food. When they saw Qi's achievements in agriculture, they all learnt from him.

qì cóngxiǎo jiù xǐ huanzuòchūnzhòngqiūshōu de yóu xì bìng wù chū le bù shǎozhòngshōugēngzuò de dào
弃从小就喜欢做春种秋收的游戏，并悟出了不少种收耕作的道
lǐ zhǎng dà chéngrénhòu gèngzhuānméncóng shì nóng yè zhòngzhí jiāorén mengēngtián jià sè dāngshí
理。长大成人后，更专门从事农业种植，教人们耕田稼穑。当时
de rénmenzhǔyàokàoshòu liè hé cǎi jí wéishēng jīngchángyīn wèi shí wù bù zú ér rěn jī ái è tā menkàn
的人们主要靠狩猎和采集为生，经常因为食物不足而忍饥挨饿。他们看
dào qì de nóng yè chéngguǒ dōuxiàng tā xué xí
到弃的农业成果，都向他学习。

Later, Yao, the King at that time, heard his fame and granted him as the teacher of agriculture to teach people in the tribe to cultivate. In this way, people all had food to eat and the population could increase gradually. Because of this, people called him Hou Ji respectfully, and considered him as the "God of Crops".

hòu lái yáo dì tīngdào tā de míngshēng hái bài tā zuònóng shī zhǐ dǎo bù luò de réngēngzhòng ràngrén
后来尧帝听到他的名声，还拜他作农师，指导部落的人耕种，让人
mendōuyǒu le liángshi chī zhǒng zú yě dé dào le yán xù yīn cǐ rénmenzūnchēng tā wéi hòu jì
们都有了粮食吃，种族也得到了延续。因此，人们尊称他为“后稷”，
bìngjiāng tā fèngwéi bǎi gǔ zhī shén
并将他奉为“百谷之神”。

Mute Thunderous Sound

大音稀声

Feng Xuan Collected Debts
冯谖收账

〖Feng Xuan Collected Debts〗

During the Warring States Period, the King of Qi appointed Lord Meng Chang as Prime Minister. And Feng Xuan was one of Lord's assisstants. One day, Meng Changjun asked Feng Xuan to collect debts with the deeds signed by the local people in his feud

féngxuānshōuzhàng

冯谖收账

zhànguóshí qí wángfēngmèngchángjūn wéi xiàngguó féngxuān zé shì mèngchángjūn ménshang de mén
战国时，齐王封孟尝君为相国，冯谖则是孟尝君门上的门

kè yí cì mèngchángjūn ràngféngxuān dài zhe bǎi xìngqiànqián de qì jù dào tā de fēng dì xuēchéngshōu
客。一次，孟尝君让冯谖带着百姓欠钱的契据到他的封地薛城收

Xue City. Before his departure, Feng Xuan asked Lord Meng Chang what he should buy after getting the money. Meng answered, "You may just buy whatever was lacking here." When he reached Xue City, Feng Xuan saw the miserable lives of the people there. So he burnt up all the deeds in the name of Lord Meng Chang, and told the people that all the money they owed was canceled. They were greatly moved. After going back, Feng Xuan told Lord Meng Chang that all the money he collected was used to buy "benevolence and

zhàng lín xíngqián féngxuān wèn mèngcháng jūn shōu wán zhàng hòu yào mǎi shén me dōng xi huí lái mèngcháng
账。临行前，冯谖问孟尝君收完账后要买什么东西回来。孟尝
jūn dá mǎi xiē jiā li quēshǎo de dōng xi ba féngxuān dào le xuēchéng kàndào nà li bǎixìngshēng
君答："买些家里缺少的东西吧！"冯谖到了薛城，看到那里百姓生
huó fēi chángpín kǔ jiù jiǎ tuō mèngchángjūn de mìnglìng bǎ qì jù dāngzhòngshāodiào shuōshì bǎ nà xiē
活非常贫苦，就假托孟尝君的命令，把契据当众烧掉，说是把那些
qiánshǎng cì gěi bǎi xìng le lǎo bǎi xìng dōu fēi cháng gǎn dòng huí qù yǐ hòu féngxuān gào sù mèngcháng
钱赏赐给百姓了，老百姓都非常感动。回去以后，冯谖告诉孟尝
jūn shōudào de qián dōu mǎi rén yì le mèngchángjūn dāng shí fēi cháng bú yuè yì nián yǐ hòu
君，收到的钱都买"仁义"了。孟尝君当时非常不悦。一年以后，

righteousness". Lord Meng Chang was very unhappy at that time. But one year later, when Meng was dismissed by the King of Qi and returned to Xue City, seeing so many local people coming out to welcome him, he then realized the reason of Feng Xuan's buying benevolence and righteousness.

dāng mèng cháng jūn bèi qí wáng jiě chú zhí wèi huí dào xuē chéng kàn dào dāng dì de bǎi xìng fēn fēn gǎn lái yíng
当孟尝君被齐王解除职位回到薛城，看到当地的百姓纷纷赶来迎

jiē cái dǒng de le féng xuān mǎi rén yì de dào lǐ
接，才懂得了冯谖买仁义的道理。

Zeng Zi Killed the Pig
曾子杀猪

〖Zeng Zi Killed the Pig〗

Zeng Zi was a man of the State of Lu in the last years of the Spring and Autumn Period. He took Confucius as his master at the age of sixteen and was one of his favorite students. One day, Zeng Zi's wife wanted to go to the fair to buy things. Hardly had she

zēng zǐ shāzhū

曾子杀猪

zēng zǐ shì chūnqiū mònián lǔ guórén shí liù suì bài kǒng zǐ wéi shī shì kǒng zǐ de dé yì dì zǐ yǒu

曾子是春秋末年鲁国人，十六岁拜孔子为师，是孔子的得意弟子。有

yì tiān zēng zǐ de qī zi yàodào jí shì shang qù mǎi dōng xi gāng zǒu chū jiā mén méi duō yuǎn xiǎo ér zi

一天，曾子的妻子要到集市上去买东西。刚走出家门没多远，小儿子

walked away when her son chased after her crying and shouting, wanting to go with her. So Zeng Zi's wife said to her son, "You just go back home and wait. I'll come back very soon after buying things. You like to eat pork, don't you? I'll butcher a pig and cook the meat for you after my coming back." Having heard this, the son went back home obediently. After she came back from the fair, the wife heard the noises of capturing pigs be-

jiù kū nàozhe zhuī shàng lái yí dìng yào gēnzhe qù yú shì zēng zǐ de qī zi duì ér zi shuō nǐ huí qù
就哭闹着追上来，一定要跟着去。于是，曾子的妻子对儿子说："你回去

zài jiā děngzhe wǒ mǎi le dōng xi yí huìr jiù huí lái nǐ bú shì ài chī zhū ròu ma wǒ huí lái yǐ hòu shā
在家等着，我买了东西一会儿就回来。你不是爱吃猪肉吗？我回来以后杀

le zhū jiù gěi nǐ zuò jiù zhèyàng ér zi guāiguāi de huí jiā le děng qī zi cóng jí shì shang huí lái
了猪就给你做。"就这样，儿子乖乖地回家了。等妻子从集市上回来，

hái méi jìn jiā mén jiù tīngdào le zhuōzhū de shēngyīn tā jí mángpǎo jìn qù lánzhù zēng zǐ shuō jiā li jiù
还没进家门就听到了捉猪的声音。她急忙跑进去拦住曾子说："家里就

fore entering the gate. She ran to stop Zeng Zi hurriedly and said, "These pigs are kept for festive days. How can you take my words of coaxing the child seriously?" Zeng Zi answered gravely, "You can't tell lies to children for they will follow you. If we cheat our boy today, he will learn to cheat others later!" Zeng Zi butchered the pig at last.

zhè jǐ tóu zhū hái yào liú zhe féng nián guò jié shí chī ne nǐ zěn me ná wǒ hǒng hái zi de huà dàng zhēn ne
这几头猪还要留着逢年过节时吃呢！你怎么拿我哄孩子的话当真呢？”

zēng zǐ yán sù de shuō zài xiǎo hái miàn qián shì bù néng sā huǎng de tā men huì xué xí fù mǔ de xíng
曾子严肃地说：“在小孩面前是不能撒谎的。他们会学习父母的行

wéi rú guǒ jīn tiān wǒ men piàn le tā yǐ hòu tā jiù huì xué zhe qù piàn bié rén le zuì hòu zēng zǐ hái
为。如果今天我们骗了他，以后他就会学着去骗别人了！”最后，曾子还

shì bǎ zhū shā le
是把猪杀了。

Yue Fei's Tattoo by His Mother
岳母刺字

〖Yue Fei's Tattoo by His Mother〗

Yue Fei, a famous general of Song Dynasty, was born in a farmer's family in Tangyin County of Henan Province. His family was very poor when he was a little child. However, he grew up to be an honest man under his mother's strict education. At the age of fifteen, the northern forces of Jin invaded the south. At that time the Song authorities

yuè mǔ cì zì

岳母刺字

sòng cháo míng jiàng yuè fēi chū shēng yú hé nán shěng tāng yīn xiàn de yí hù nóng mín jiā lǐ yuè fēi suī rán
宋朝名将岳飞出生于河南省汤阴县的一户农民家里。岳飞虽然
cóng xiǎo jiā jìng pín hán dàn tā shòu mǔ qīn de yán jiào wéi rén gāng zhí yuè fēi shí wǔ suì shí běi fāng de jīn
从小家境贫寒，但他受母亲的严教，为人刚直。岳飞十五岁时，北方的金
rén nán qīn sòng cháo dāng quán zhě fǔ bài wú néng guó jiā chǔ zài wēi nàn guān tóu yì tiān yuè mǔ wèn ér
人南侵，宋朝当权者腐败无能，国家处在危难关头。一天，岳母问儿

were corrupt and incompetent that the state was in distress. One day, Yue Fei's mother asked him, "Now the state is in danger, what plans do you have?" "Go to the battlefield to defeat the enemies and serve my country with total loyalty Jing Zhong Bao Guo in Chinese!" His mother was quite satisfied with his answer, and she decided to tattoo these four Chinese characters on his son's back so that he would always remember that. Yue Fei's mother first wrote the characters on his back, and then she tattooed them with an

zi xiàn zài guó nàn dāng tóu nǐ yǒu shén me dǎ suàn dào qián xiàn shā dí jīng zhōng bào guó
子："现在国难当头，你有什么打算？""到前线杀敌，精忠报国！"
yuè mǔ tīng le ér zi de huí dá shí fēn mǎn yì tā jué dìng bǎ jīng zhōng bào guó zhè sì ge zì cì zài ér
岳母听了儿子的回答，十分满意。她决定把"精忠报国"这四个字刺在儿
zi de bèi shang ràng tā yǒng yuǎn jì zhù yuè mǔ xiān zài yuè fēi bèi shang xiě le zì rán hòu yòng xiù huā zhēn
子的背上，让他永远记住。岳母先在岳飞背上写了字，然后用绣花针

embroidery needle, and at last she painted them with vinegar ink. From then on, the characters "Jing Zhong Bao Guo" meaning being utterly loyal to the nation and people, remained on Yue Fei's back and never faded. Later, with the phrase "Jing Zhong Bao Guo" as his motto, he defeated the enemies bravely, and became a famous anti-Jin general.

cì le qǐ lái zhī hòu yòu tú shàng cù mò cóng cǐ jīngzhōngbàoguó sì ge zì jiù yǒng bú tuì
刺了起来。之后，又涂上醋墨。从此，“精忠报国”四个字就永不褪

se de liú zài le yuè fēi de hòubèishang hòu lái yuè fēi yǐ jīngzhōngbàoguó wéizuòyòumíng yīngyǒng
色地留在了岳飞的后背上。后来，岳飞以“精忠报国”为座右铭，英勇

shā dí lì xià le hè hè zhàngōng chéngwéi yì míngkàngjīn míngjiàng
杀敌，立下了赫赫战功，成为一名抗金名将。

中国传统文化经典民间故事·英汉对照

Xi Yong and the Bandits
郄雍与盗贼

〖Xi Yong and the Bandits〗

Once upon a time, the Kingdom of Jin had many bandits. There was a man named Xi Yong, who could judge if a person was a bandit by observing his appearance. Xi Yong went on missions of catching bandits, and he finished more than one thousand cases and had never failed one of them.

xì yōng yǔ dào zéi

郄雍与盗贼

cóngqián jìn guó de dào zéi hěn duō yǒu yí ge jiào xì yōng de rén zhǐ yào tōng guò guān chá qí xiàng
从前，晋国的盗贼很多。有一个叫郄雍的人，只要通过观察其相

mào jiù néng jiàn bié yí ge rén shì fǒu shì dào zéi tā fèng mìng qù zhuō zéi qiān bǎi gè dāng zhōng bù céng yí
貌，就能鉴别一个人是否是盗贼。他奉命去捉贼，千百个当中不曾遗

lòu yí ge
漏一个。

Soon, the bandits gathered together and discussed, "It is Xi Yong who has caused our current desperate situation." They took action and killed Xi Yong.

The king was shocked by the death of Xi Yong and he immediately summoned Wenzi, an intelligent minister, and asked him, "Xi Yong was killed! How in the world can we catch those bandits now?"

guò le bù jiǔ dào zéi men jù jí zài yì qǐ hù xiāng shāng liang shuō wǒ men zhī suǒ yǐ zǒu tóu wú
过了不久，盗贼们聚集在一起，互相商量说："我们之所以走投无

lù wán quán shì xì yōng zào chéng de yú shì tā men jiù xíng dòng qǐ lái shā sǐ le xì yōng
路，完全是郄雍造成的。"于是，他们就行动起来，杀死了郄雍。

jìn guó guó jūn tīng shuō xì yōng bèi shā dà wéi jīng hài lì jí zhào jiàn móu shì wén zǐ bìng duì tā shuō
晋国国君听说郄雍被杀，大为惊骇，立即召见谋士文子并对他说：

xì yōng bèi shā sǐ le xiàn zài wǒ men yòng shén me fāng fǎ lái zhuō ná dào zéi ne
"郄雍被杀死了！现在我们用什么方法来捉拿盗贼呢？"

Wenzi said, "If you really want to get rid of them, just appoint intelligent people in your government to carry out the policies and to improve the education. Nobody would like to be a bandit when he can tell right from wrong."

The king adopted Wenzi's proposal, and soon after that, the bandits ran to another kingdom one after another.

wén zǐ shuō guó jūn xiǎng yào zhēn zhèng xiāo miè dào zéi bù rú zhāo lǎn bìng rèn yòng xián cái shǐ
文子说："国君想要真正消灭盗贼，不如招揽并任用贤才，使

zhèng lìng yán míng yú shàng jiào huà fēng xíng yú xià zhè yàng jiù méi rén qù zuò qiáng dào le
政令严明于上，教化风行于下，这样就没人去做强盗了。"

yú shì jìn guó guó jūn cǎi nà le wén zǐ de yì jiàn bù jiǔ dào zéi men fēn fēn táo dào bié guó qù le
于是，晋国国君采纳了文子的意见。不久，盗贼们纷纷逃到别国去了。

The Carpenter Tricked the Rich Man
木匠作弄富人

〖The Carpenter Tricked the Rich Man〗

The carpenter Neema lived door to door with a rich man who often bullied him. One day he broke the rich man's door secretly for revenge and the rich man had to ask the carpenter to make a new one. The carpenter said, "The timber for the door must be perfect." The rich man brought a pile of timber which was just enough to make a door. The rich man did accounts at home the whole day to avoid suffering losses. The carpenter asked, "The door is ready. What else do you want?" The rich man thought there was timber left, so he answered, "A window." The carpenter parted the door which he had just made

mùjiangzuōnòng fù rén

木匠作弄富人

mùjiang ní mǎ hé yí ge fù rén zhù duì mén fù rén jīng cháng qī fù mùjiang mùjiang wèi le bào fù qiāoqiao bǎ fù rén jiā de dà mén zá huài le fù rén zhǐ hǎo jiào mùjiang lái chóng xīn zuò yí shàn dà mén mù jiang shuō zuò dà mén xū yào hǎo mù liào fù rén ná chū yì duī mù liào kě gāng gāng gòu zuò yí shàn mén fù rén hái zhěng tiān suàn ji kǒng pà chī kuī mù jiang jiù wèn mén zuò hǎo le hái yào zuò shén me fù rén yǐ wéi hái yǒu shèng yú de mù liào shuō zuò yí shàn chuāng hu mù jiang bǎ gāng dǎ

木匠尼玛和一个富人住对门，富人经常欺负木匠。木匠为了报复，悄悄把富人家的大门砸坏了。富人只好叫木匠来重新做一扇大门。木匠说：“做大门需要好木料。”富人拿出一堆木料，可刚刚够做一扇门，富人还整天算计，恐怕吃亏。木匠就问：“门做好了，还要做什么？”富人以为还有剩余的木料，说：“做一扇窗户。”木匠把刚打

and made a window. Then he went to ask the rich man what else he wanted. The rich man thought there still was timber left and said, "A pan cover." The carpenter tore the window apart and made a cover. Then he went to ask once more, "Anything else do you want?" The rich man answered, "A pot lid." So the carpenter took apart the pan cover to make a pot lid. At last the rich man asked what else could be done by the left timber, the carpenter answered, "A snuff bottle lid." And he made a small snuff bottle lid with the timber taken apart from the pot lid.

At the sunset, the carpenter brought the snuff bottle lid to the rich man and said,

hǎode ménchāidiào zuò le yí shànchuānghu ránhòu qù wèn fù rénháiyàozuòshén me fù rén yǐ wéihái
好的门拆掉，做了一扇窗户，然后去问富人还要做什么。富人以为还
yǒushèng yú de mùliào shuō zài zuò yí gè guōgài mùjiang bǎ chuānghu chāi le zuò le yí ge guō
有剩余的木料，说："再做一个锅盖。"木匠把窗户拆了，做了一个锅
gài yòu qù wèn fù rénháiyàozuòshén me fù rénshuō zài zuò yí ge shā hú gài mùjiang bǎ guōgài
盖。又去问富人还要做什么，富人说："再做一个砂壶盖。"木匠把锅盖
chāi le zuò le yí ge shā hú gài zuì hòu fù rénwènshèng yú de mùliàohái gòuzuòshén me mùjiang
拆了，做了一个砂壶盖。最后，富人问剩余的木料还够做什么，木匠
shuō kě yǐ zuò yí ge bí yāngài tā bǎshāhú gàichāisàn zuò le yí gè xiǎoxiǎo de bí yānhú gài
说："可以做一个鼻烟盖。"他把砂壶盖拆散，做了一个小小的鼻烟壶盖。

tài yángkuàiyàoluòshān de shí hou mùjiang ná zhe bí yān hú gài duì fù rénshuō mùliàoquán bù yòng
太阳快要落山的时候，木匠拿着鼻烟壶盖对富人说："木料全部用
wán le wǒmenshì hǎolín jū gōngqian wǒ jiù bú yào le fù rén liě kāi dà zuǐ xiàozheshuō wǒ jīn
完了，我们是好邻居，工钱我就不要了。"富人咧开大嘴笑着说："我今

"All the timber is used up, and I won't ask for payment since we are good neighbors." The rich man laughed broadly and said, "I will consider paying you money later. You are a good carpenter for you didn't waste any timber. Please take the door, the window, the pan cover, the pot lid and the snuff bottle lid to my housekeeper." The carpenter seemed very surprised, "My master, what are you talking about? I've finished the door and asked what else you wanted. You said 'a window', but you didn't give me any timber. So I had to take apart the door for a window, then parted the window into a pan cover, which was later parted to make a teapot lid, and at last I parted the teapot lid into a snuff bottle lid. Look, here it is." The carpenter handed the small lid to the rich man.

hòuhuì kǎo lǜ gěi nǐ gōngqian de nǐ zhēnshì gè hǎomùjiang méiyǒulàng fèi yì diǎnmùliào xiànzài nǐ
后会考虑给你工钱的。你真是个好木匠，没有浪费一点木料。现在，你

bǎ zuòhǎo de dà mén chuānghu guōgài shā hú gài bí yāngài quán bù jiāo gěi wǒ de guǎn jiā ba
把做好的大门、窗户、锅盖、砂壶盖、鼻烟盖全部交给我的管家吧。"

mùjianghǎoxiàngshí fēnjīng qí nǐ shuōshén me wǒ yòng nà xiē mù liàozuòhǎo le mén wèn nǐ háiyàozuò
木匠好像十分惊奇，"你说什么？我用那些木料做好了门，问你还要做

shén me nǐ shuōzuò yí shànchuānghu dànméi zài gěi wǒ mù liào wǒ zhǐ hǎo bǎ ménchāi le zuòchuānghu
什么，你说做一扇窗户，但没再给我木料。我只好把门拆了做窗户，

ránhòuyòu bǎ chuānghu chāi le zuòguōgài bǎ guōgài chāi le zuòshā hú gài bǎ shā hú gài chāi le zuò bí yāngài
然后又把窗户拆了做锅盖，把锅盖拆了做砂壶盖，把砂壶盖拆了做鼻烟盖。

qiáo bí yāngài zài zhè lǐ mùjiangshuōwán bǎ xiǎoxiǎo de bí yāngài jiāogěi le fù rén
瞧，鼻烟盖在这里。"木匠说完，把小小的鼻烟盖交给了富人。

He Bo Married Girls
河伯娶妻

〖He Bo Married Girls〗

When Ximen Bao took up the post as a magistrate in Ye County, he felt it piteous that many villages were deserted.

He considered it strange and went to inquire an old man. The old man told him that the Zhang River always overflowed and the floods submerged the farmland and claimed

hé bó qǔ qī

河伯娶妻

xī ménbàochūrèn yè xiànxiànlìng fā xiàn yè xiàn de xǔ duōcūnzhuāngkōng wú yì rén jǐngxiàngshí fēn
西门豹出任邺县县令，发现邺县的许多村庄空无一人，景象十分

qī cǎn
凄惨。

xī ménxiànlìnggǎndào qī qiāo biàn qù xúnwèn yí wèi lǎozhěshuō zhāng hé zǒngshì fā dà shuǐ
西门县令感到蹊跷，便去询问。一位老者说：“漳河总是发大水，

yānmò le xǔ duōnóngtián tūn shì le wú shùbǎi xìng de shēngmìng rénmenxiǎng jìn le bàn fǎ kě shì shuǐ
淹没了许多农田，吞噬了无数百姓的生命。人们想尽了办法，可是水

numerous lives. They had done everything they could have thought of but all in vain. Then out of nowhere, a witch appeared and said there was a water god in the river named He Bo who must marry a wife each year. And if he couldn't get pretty young girls as his wives, He would stir up trouble to impair their lives. According to the witch's arrangement, people there selected a beauty each year to marry He Bo, thus many people escaped to other places.

huàn yī rán bù zhī cóng nǎ li lái le yí wèi wū pó shuō zhāng hé li yǒu yí gè shuǐ shén jiào hé bó tā měi
患依然。不知从哪里来了一位巫婆，说漳河里有一个水神叫河伯。他每

nián dōu yào qǔ qī rú guǒ bù bǎ nián qīng měi mào de nǚ zǐ jià gěi tā wéi qī tā jiù huì xīng fēng zuò làng wēi
年都要娶妻，如果不把年轻美貌的女子嫁给他为妻，他就会兴风作浪，危

hài bǎi xìng àn zhào wū pó de ān pái zhè lǐ měi nián dōu yào tiāo xuǎn měi nǚ jià gěi hé bó wèi cǐ hěn duō rén
害百姓。按照巫婆的安排，这里每年都要挑选美女嫁给河伯，为此很多人

dōu táo wǎng wài dì
都逃往外地。”

On hearing that, Ximen Bao was very angry. On the day of He Bo's marriage, Ximen also came and said to the witch, "How can such an ugly girl be He Bo's wife? You yourself shall go as the bride instead!" Then he pushed the witch into the river. From then on, he organized the local people to fight the flood by digging ditches and thus made use of flood to irrigate. And from then on, people there led a peaceful and happy life.

xī ménbàotīngwánshí fēn qì fèn hé bó qǔ qī nà tiān xī ménbào yě lái le duì wū pó shuō zhè
西门豹听完十分气愤。河伯娶妻那天西门豹也来了，对巫婆说：“这
me chǒu de xīnniángzěnme kě yǐ jià gěi hé bó hái shì nǐ zì jǐ qù ba shuōwán bǎ wū pó tuī xià le
么丑的新娘怎么可以嫁给河伯，还是你自己去吧！”说完把巫婆推下了
hé cóng cǐ xī ménbào zǔ zhī bǎi xìngxīng xiū qú gōu yǐn hóng guàn gài zhì lǐ zhāng hé zhè lǐ de lǎo
河。从此，西门豹组织百姓兴修渠沟，引洪灌溉，治理漳河。这里的老
bǎi xìngcóng cǐ guòshàng le ān kāngkuài lè de shēnghuó
百姓从此过上了安康快乐的生活。

A Kid from the Bao Family
鲍家小儿

〖A Kid from the Bao Family〗

In the Kingdom of Qi, the Tian family held a ritual to honor their ancestors in the hall. There were more than a thousand guests at the banquet. During the banquet, a guest presented fish and goose dishes.

bào jiā xiǎo ér

鲍家小儿

qí guó de tián shì zài dà tīng lǐ jì sì zǔ xiān qián lái fù yàn de bīn kè duō dá yì qiān duō rén yàn xí
齐国的田氏在大厅里祭祀祖先，前来赴宴的宾客多达一千多人。筵席

zhōng yǒu rén xiàn shàng le yú hé é
中，有人献上了鱼和鹅。

Seeing these, Mr. Tian sighed, "How generous the heaven is to the people! It grows grains and raises fish and birds for people to eat." The guests nodded and echoed with their agreement. There was a twelve-year-old boy from the Bao family, who also came to the banquet. He stood up and said:

tiánshì kàn le gǎntànshuō shàngtiān duì dài xiàmín tài yōuhòu le tā fánzhí wǔ gǔ shēngyǎng
田氏看了，感叹说：“上天对待下民太优厚了！它繁殖五谷、生养
yú niǎo lái gòng rénmen shí yòng lái bīnmen fēnfēn diǎntóu suí shēng fù hè bàojiā yǒu gè hái zi nián
鱼鸟来供人们食用。”来宾们纷纷点头，随声附和。鲍家有个孩子年
jǐn shí èr yě lái cānjiā yànhuì tā zhàn qǐ lái shuō
仅十二，也来参加宴会。他站起来说：

"I'm afraid I can't agree with you. All the different categories of natural beings just happen to live on the earth with us. There aren't any higher or lower status levels among all these creatures. The food link is based on the size and intelligence, but no creature was created for another. People eat what they can get, but it doesn't mean things were specially created for people to eat. In fact, mosquitoes bite us, the tigers and wolves eat us, but can we follow this logic and say people were created for mosquitoes, tigers and wolves?"

wǒ bù néng tóng yì nín de shuō fǎ tiān dì wàn wù yǔ wǒ men gòng tóng shēng cún lèi yǔ lèi zhī jiān méi yǒu gāo guì hé dī jiàn zhī fēn shí wù liàn zhǐ shì píng gè tóu de dà xiǎo yǐ jí zhì huì de fēn bié ér xiāng hù zhì yuē dié cì xiāng shí bù cún zài shuí wèi shuí shēng de dào li rén men ná kě yǐ chī de dōng xi lái chī dàn zhè bìng bú yì wèi zhè xiē dōng xi shì shàng tiān tè yì wèi le rén lèi ér chuàng zào de shì shí shang wén chóng dīng rén hǔ láng chī rén kě shì wǒ men néng zhào shàng mian de luó jí shuō shì shàng tiān wèi le tā men ér tè dì chuàng zào le rén lèi ma

"我不能同意您的说法。天地万物与我们共同生存，类与类之间没有高贵和低贱之分，食物链只是凭个头的大小以及智慧的分别而相互制约，迭次相食，不存在谁为谁生的道理。人们拿可以吃的东西来吃，但这并不意味这些东西是上天特意为了人类而创造的。事实上，蚊虫叮人，虎狼吃人，可是我们能照上面的逻辑说是上天为了它们而特地创造了人类吗？"

500 Gold Coins for a Dead Horse
五百金买死马

〖500 Gold Coins for a Dead Horse〗

During the Warring States Period, the State of Yan was defeated by the State of Qi. When King Zhao was crowned as the king of Yan, he was determined to make the state prosperous. One day, he said to Guo Wei, a minister, "Can you tell me how I can get great talents to help me make my state strong?" Guo Wei replied by telling a story,

wǔ bǎi jīn mǎi sǐ mǎ

五百金买死马

zhànguó shí dài yānguó bèi qí guó dǎ bài hòu yānzhāowáng dēngshàngyānguówángwèi měi rì lǐ xiǎng
战国时代，燕国被齐国打败后，燕昭王登上燕国王位，每日里想

de jiù shì rú hé rànguójiā chāngshèng qǐ lái yí cì zhāowáng duì chéngxiàngguōwěi shuō nǐ nénggào
的就是如何让国家昌盛起来。一次，昭王对丞相郭隗说："你能告

su wǒ zěnyàng cái néng qiú dé néng bāngzhù wǒ qiángguóxīngbāng de rén cái ma guōwěi xiānsheng jiǎng le xià
诉我怎样才能求得能帮助我强国兴邦的人才吗？" 郭隗先生讲了下

“Once there was a king who offered a thousand gold coins for a winged steed, a horse which can run 1,000 kilometers a day. He sent one of his men to search throughout the country but the man only brought back the head of a dead steed for half amount of the gold. The king got outraged. However, the man said, ‘When people learn that you have paid so much for a dead horse, they will certainly offer you a steed if anyone has got one.’ As was expected, the king got three steeds in less than a year. If you are sincerely seeking top talents, why don’t you treat me as the dead horse now? ”

mian de gù shi céngjīngyǒu yí wèiguówáng xiǎngyòng yì qiānliǎng jīn zi mǎiqiān lǐ mǎ biànpài yì
面的故事：“曾经有一位国王，想用一千两金子买千里马，便派一

míngshǒuxiàdàoquánguó gè chùxúnzhǎo nà rénquè zhǐ zhǎohuí yì pǐ sǐ mǎ de tóu guówáng fēi chángshēng
名手下到全国各处寻找，那人却只找回一匹死马的头，国王非常生

qì kě nà rén jiě shì shuō rénmentīngshuōnínmǎi sǐ mǎdōuhuā wǔ bǎi jīn ruòyǒuqiān lǐ mǎ yí dìnghuì
气。可那人解释说，人们听说您买死马都花五百金，若有千里马一定会

zhēngzhemài gěi nín de jié guǒ bù chūsuǒliào bú dào yì nián guówáng dé dàosān pǐ qiān lǐ mǎ xiànzài
争着卖给您的。结果不出所料，不到一年，国王得到三匹千里马。现在

dà wángguǒzhēnxiǎngyàozhāolǎnrén cái nà jiù bǎ wǒ dāngchéng nà pǐ sǐ mǎ ba
大王果真想要招揽人才，那就把我当成那匹死马吧！”

King Zhao built Guo Wei a very expensive villa and regarded him as his teacher. Soon his sincerity was spread to every corner of the land. In a couple of years, great talents such as Yue Yi, Zou Yan, all came from different states to work for King Zhao. Very soon, with the assistance of those political and military talents, Yan became a powerful state and eventually invaded Qi. As Qi was defeated, King Zhao accomplished his dream of revenge.

yú shì zhāo wáng wèi guō wěi jiàn zào le háo huá de bié shù bìng bài guō wěi wéi shī hěn kuài zhāo wáng
于是昭王为郭隗建造了豪华的别墅，并拜郭隗为师。很快，昭王

zhāo xián nà shì de chéng yì biàn chuán kāi le jǐ nián zhī nèi xiàng yuè yì zōu yǎn zhè yàng de rén cái zhēng
招贤纳士的诚意便传开了。几年之内，像乐毅、邹衍这样的人才争

xiāng lái dào yān guó hěn kuài zài zhè xiē zhèng zhì hé jūn shì rén cái de fǔ zuǒ xià yān guó zhú jiàn qiáng shèng
相来到燕国。很快，在这些政治和军事人才的辅佐下，燕国逐渐强盛

qǐ lái yú shì fā bīng gōng dǎ qí guó jié guǒ qí jūn dà bài yān zhāo wáng zhōng yú bào le chóu xuě le
起来。于是发兵攻打齐国，结果齐军大败。燕昭王终于报了仇，雪了

hèn
恨。

Resound through the Skies
响遏行云

〖Resound through the Skies〗

Xue Wei, a youth living in the Warring States Period, was born with beautiful voice and liked singing very much. In order to train himself to be an excellent singer, he traveled far and wide to look for a teacher. Finally he found Qin Qing, a popular musician at that time. With the help of this master, he worked very hard and made a great progress. Soon he won the praise of scholars and the cheers of audiences, which made his heart swell with pride.

xiǎng è xíngyún

响遏行云

zhànguóshí qī yǒu yí ge qīngniánjiàoxuēwéi tiānshēng yí fù hǎosǎng zi shí fēn xǐ ài chàng gē

战国时期，有一个青年叫薛为，天生一副好嗓子，十分喜爱唱歌。

wèi le bǎ zì jǐ péiyǎngchéng yí ge yōuxiù de gē shǒu tā dàochùxúnfǎnglǎoshī zhōng yú tā yù dào le

为了把自己培养成一个优秀的歌手，他到处巡访老师。终于，他遇到了

dāng shí de zhùmíng gē shǒuqínqīng zài qínqīng de zhǐ dǎoxià tā qín fèn xué xí qǔ dé le hěn dà de jìn

当时的著名歌手秦青。在秦青的指导下，他勤奋学习，取得了很大的进

bù bù jiǔ tā jiùyíng dé le hángjia de chēngzàn hé tīngzhòng de xǐ ài jiànjiàntóunǎo fā zhàng jiāo

步。不久，他就赢得了行家的称赞和听众的喜爱，渐渐头脑发胀，骄

ào qǐ lái

傲起来。

One day he claimed arrogantly he had excelled Qin Qing in singing, he desired to go back home.

Qin Qing had made plans to shape him into a first-class singer, but seeing him overwhelmed by complacency, he said nothing but ordered a farewell dinner in the suburb. At the dinner, Qin Qing got up and offered to sing a song before their departure. With ease he sang a solemn stirring song. The sound was so sonorous, the tune rising and falling like undulating waves. It was so melodious that the forests resounded, the vault of heaven echoed and even the passing clouds stopped.

yǒu yì tiān　tā fēi cháng dé yì de biǎomíng　tā yǐ jīngxué de bù bǐ qínqīngchà　xiǎngyàohuí qù le
有一天，他非常得意地表明，他已经学得不比秦青差，想要回去了。

qínqīngběn lái xiǎngyào bǎ tā péiyǎngchéng dì yī liú de gē shǒu　dànshì jiàn tā yǐ bèi jiāo ào chōnghūn le tóunǎo　yě jiù méiyǒu zài shuōshénme　tā zài jiāowài dìng xià jiǔ xí　wèi xuēwéi sòngxíng　jiǔ yàndāng zhōng　qínqīngbiǎoshì lín xíngyuànwèi xuēwéi gāo gē yì qǔ　tā qīngsōng zì rú de chàng le yì qǔ bēizhuàng de gē yáo　tā de shēngyīn xiónghúnhóngliàng　qǔ diào yì yáng qǐ fú　rú gǔngǔn bō tāo　sēn lín wèi zhī gòngmíng　cāngqióngwèi zhī hè shēng　fú yúnwèi zhī zhǐ bù
秦青本来想要把他培养成第一流的歌手，但是见他已被骄傲冲昏了头脑，也就没有再说什么。他在郊外定下酒席，为薛为送行。酒宴当中，秦青表示临行愿为薛为高歌一曲。他轻松自如地唱了一曲悲壮的歌谣，他的声音雄浑宏亮，曲调抑扬起伏，如滚滚波涛，森林为之共鸣，苍穹为之和声，浮云为之止步。

Xue Wei was greatly shocked. "My God!" he cried ashamedly, "How stupid I am, thinking highly of myself! Now I see learning lasts a lifetime!" He turned to Qin Qing and said, "Please pardon me, sir, and let me still stay with you! I dare never be conceited again!"

xuē wéi dà wéi zhèn jīng tiān a tā cán kuì de shuō wǒ hái zì yǐ wéi kě yǐ zài gē tán shang
薛为大为震惊。"天啊！"他惭愧地说，"我还自以为可以在歌坛上
duó kuí ne zhēn shì qiǎn bó zhì jí a xiàn zài wǒ míng bái le wǒ xué xí de dào lù réng rán màn wú jìn tóu
夺魁呢，真是浅薄至极啊！现在我明白了，我学习的道路仍然漫无尽头
ā tā zhuǎn xiàng qín qīng shuō lǎo shī yuán liàng wǒ hái shì ràng wǒ liú zài nín shēn biān
啊！"他转向秦青，说："老师，原谅我，还是让我留在您身边
ba jīn hòu wǒ zài yě bù jiāo ào zì mǎn le
吧！今后，我再也不骄傲自满了！"

Anecdotes of Folk Customs

中 民俗趣谈

The Earliest Firecrackers
最早的爆竹

〖The Earliest Firecrackers〗

There once was a kind of terrible monster called Shansao. They lived in the forests on the side of mountains in western China. They were naked and lived on raw shrimp and crabs from the mountain streams. Sometimes they would steal food from human communities as well. Fortunately, they were afraid of fires and loud noises. When people camped out in the mountain, they would light fires and throw in bamboo so that it would make loud bangs as it burned. This was called Baozhu, meaning "bursting bamboo".

zuì zǎo de bàozhú

最早的爆竹

gǔ shí hou yǒu yì zhǒng kě pà de guài wu jiào shān sào shān sào zhù zài huá xī de shān lín lǐ tā
古时候，有一种可怕的怪物，叫山臊。山臊住在华西的山林里。它

men chì shēn luǒ tǐ kào chī shān quán lǐ de xiā xiè wéi shēng yǒu shí shān sào yě xià shān tōu shí rén men de
们赤身裸体，靠吃山泉里的虾蟹为生。有时，山臊也下山偷食人们的

dōng xi xìng kuī tā men yě yǒu suǒ pà nà jiù shì hài pà huǒ guāng hé zào shēng rén men zài yě wài lù sù
东西。幸亏它们也有所怕，那就是害怕火光和噪声。人们在野外露宿

shí tōng cháng huì diǎn shàng gōu huǒ bìng jiāng zhú zi tóu jìn huǒ zhōng zhè yàng tā zài rán shāo shí jiù huì fā chū
时，通常会点上篝火并将竹子投进火中，这样它在燃烧时就会发出

pī pī pā pā de shēng xiǎng rén men chēng zhī wéi bào zhú yì si shì rán shāo de zhú zi zhè shí shān sào huì bèi
噼噼啪啪的声响。人们称之为爆竹，意思是燃烧的竹子。这时山臊会被

Shansao would take fright and flee, leaving people in peace.

In early Tang Dynasty there was a contagious disease that killed many people. A man named Li Tian put saltpeter inside bamboo tubes, which sent out very loud noise and heavy smoke after burnt. People found this an effective way to prevent the disease from spreading. This was the first version of a bamboo tube firecracker.

xiàpǎo rénmen jiù píng ān wú shì le
吓跑，人们就平安无事了。

dào le tángcháochū qī wēn yì liú xíng sǐ le hěnduōrén yǒu gè jiào lǐ tián de rén bǎ xiāoshí
到了唐朝初期，瘟疫流行，死了很多人。有个叫李田的人，把硝石

zhuāngzài zhútǒng lǐ diǎnrán zhī hòu jiù huì fā chū jù dà de shēngxiǎng hé nóng liè de yān wù rénmen fā xiàn
装在竹筒里，点燃之后就会发出巨大的声响和浓烈的烟雾。人们发现

zhè ge bàn fǎ kě yǐ fángzhǐ yì bìngkuòsàn liú xíng zhèbiàn shì zhúguǎnbàozhú de chúxíng
这个办法可以防止疫病扩散流行。这便是竹管爆竹的雏形。

In the Song Dynasty, gunpowder was invented, and it was possible to make paper rolls contain gunpowder that would explode with an even louder sound. These were properly called Paozhang, meaning "bursting weapons". Sometimes people put many of them onto a piece of string and lit them together, known as Bianpao, or "firecracker". Even today lots of people still say Baozhu, in memory of the original exploding bamboo that frightened away Shansao. And of course, everybody assumes that all sorts of evil forces, not just Shansao, could be frightened away by firecrackers.

dào le sòngcháo yòu fā míng le huǒyào rénmen bǎ huǒyàozhuāngzài zhǐ tǒng lǐ zhèyàngbàozhà jiù

到了宋朝，又发明了火药。人们把火药装在纸筒里，这样爆炸就

huì fā chūgèng dà de shēngxiǎng rénmen gěi tā qǐ míng pàozhang yì si shì ránshāo de wǔ qì yǒu

会发出更大的声响。人们给它起名“炮仗”，意思是燃烧的武器。有

shí rénmen bǎ hěnduō de pàozhangyòng zhǐ shéng jì zài yí kuàir diǎnrán rénmenchēng zhī wéi biān

时，人们把很多的炮仗用纸绳系在一块儿点燃，人们称之为“编

pào huò biānpào zhí dào jīn tiān réngyǒuhěnduōrénjiào tā bàozhú yǐ jì niàncéngjīngyòng

炮”或“鞭炮”。直到今天，仍有很多人叫它“爆竹”，以纪念曾经用

lái xià hu shānsào de bàozhà de zhú zi dāngrán rénmengèngyuàn yì xiāngxìn bàozhú xiàzǒu de bù jǐn

来吓唬山臊的“爆炸的竹子”。当然，人们更愿意相信爆竹吓走的不仅

shì shānsào yě bāokuòsuǒyǒu de è yùn

是山臊，也包括所有的厄运。

Farmland Mother
田母

〖Farmland Mother〗

The Gelo people lived in the forest. As the population increased constantly, people there started to look for new food. One day, it rained so heavily that the water rose halfway up to the hill. The villagers saved a dog struggling up and down in the river. The leader of the villagers saw that it carried rice, millet and maize corn on the back. The

tiánmǔ 田母

gē lǎo rén zài shān lín zhōngshēnghuó rén kǒu bú duàn de zēng duō rénmen kāi shǐ xúnzhǎo xīn de shí
仡佬人在山林中生活，人口不断地增多，人们开始寻找新的食

wù yì tiān tiānkōng xià qǐ dà yǔ hé shuǐzhǎngdào le shānyāo cūnmínmen jiù qǐ le yì zhī zài shuǐmiàn
物。一天，天空下起大雨，河水涨到了山腰，村民们救起了一只在水面

shangzhēngzhá de gǒu tóulǐngkànjiàn tā bèishangméi bèishuǐ dǎ shī de dì fangzhāndàizhe gǔ zi xiǎo mǐ hé
上挣扎的狗。头领看见它背上没被水打湿的地方粘带着谷子、小米和

leader knew those were the sources of their new food. He led the clansmen to plough land and sow the seeds with great care. The Gelo people flourished quickly. However, when they were happy for their prosperity, something terrible happened suddenly —the seeds they grew did not yield anything. The leader gathered the clansmen, and they preyed to gods of mountain, tree, and land for harvest. Many of them died of hunger. The leader sat weeping aloud on a piece of farmland, when an old man with white beard and white eyebrow came up and said, "How come a son doesn't look after his mother?" The

bāo yǔ suí jí míngbai zhè shì tā men xīn de shí wù lái yuán tā dài lǐng zú rén men kāi kěn tǔ dì bǎ
包谷。随即明白，这是他们新的食物来源。他带领族人们开垦土地，把
zhǒng zi jīng xīn de zhòng xià qù gē lǎo rén hěn kuài fán shèng qǐ lái zhèng dāng tā men wèi bù zú de fán shèng
种子精心地种下去。仡佬人很快繁盛起来。正当他们为部族的繁盛
ér gāo xìng de shí hou kě pà de shì qing fā shēng le tū rán zhòng xià qù de zhǒng zi bù jié liáng shi tóu lǐng
而高兴的时候，可怕的事情发生了，突然种下去的种子不结粮食。头领
dài zhe zú rén qiú biàn le shān shén shù shén tǔ dì shén jī è shǐ zú rén yuè lái yuè shǎo tóu lǐng zuò
带着族人，求遍了山神、树神、土地神。饥饿使族人越来越少，头领坐
zài yí kuài tián li dà kū zhè shí yí ge bái xū bái méi de lǎo rén piāo rán ér zhì shuō yǒu ér zi bú
在一块田里大哭，这时，一个白须白眉的老人飘然而至，说："有儿子不

leader said, "There is no unfilial person in our tribe." The old man said, "The farmland is also your mother." The leader understood. He conducted the clansmen to dig out the canal for irrigating, plough the soil and spread manure. Finally they gained a good harvest. Afterwards, in each growing season, the Gelo people cooked pastries with the crops they got from the land and threw them in the land, lighted joss-sticks and candles, and kowtowed to the Farmland Mother. The ceremony was called "Sacrifice to Farmland Mother".

zhào gù mǔ qīn de dào li ma tóu lǐng shuō wǒ men de bù zú méi yǒu bú xiào de rén lǎo rén shuō
照顾母亲的道理吗？"头领说："我们的部族没有不孝的人。"老人说：

tián tǔ yě shì nǐ men de mǔ qīn tóu lǐng míng bái le dài lǐng zú rén kāi qú yǐn shuǐ fān tǔ shī féi
"田土也是你们的母亲。"头领明白了，带领族人开渠引水，翻土施肥，

zhuāng jia yòu yǒu le hǎo shōu cheng hòu lái gē lǎo rén měi nián dào bō zhǒng jì jié yào yòng tián li de liáng
庄稼又有了好收成。后来，仡佬人每年到播种季节，要用田里的粮

shi zuò chéng gāo diǎn sǎ zài tián li shāo xiāng diǎn zhú kē tóu bài jì míng yuē jì tián mǔ
食做成糕点，撒在田里，烧香点烛，磕头拜祭，名曰：祭田母。

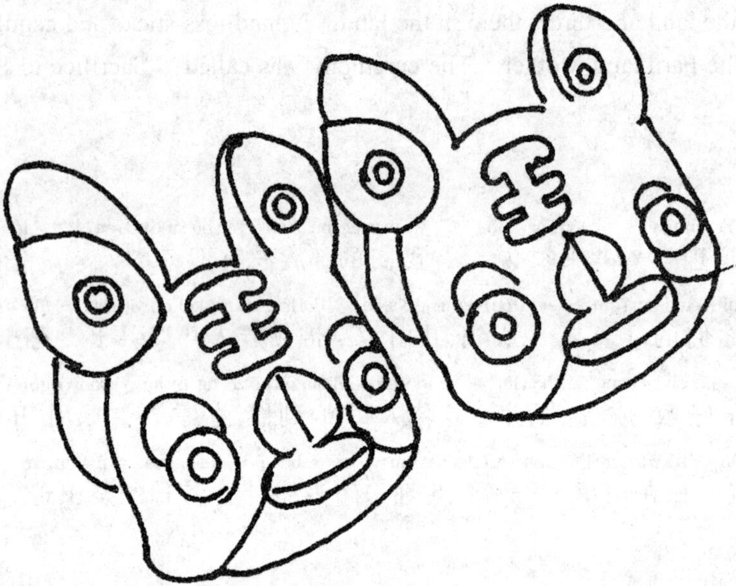

Tiger Shoes
虎头鞋

〖Tiger Shoes〗

Long long ago, in the famous old town Yangzhou lived a boatman called Da Yang, who was very generous and ready to help others. Because of his kindness, he got an old drawing as a present from an old woman. In the picture, a beautiful girl was embroidering a pair of tiger shoes. The boatman was very pleased with the gift. As soon as he got home, he put it on the wall next to his bed.

One evening, the girl in the picture stepped out and had a nice time with Da Yang.

hǔ tóu xié

虎头鞋

hěn jiǔ hěn jiǔ yǐ qián zài yáng zhōu zhè zuò zhù míng de gǔ chéng nèi zhù zhe yí ge jiào dà yáng de chuán
很久很久以前，在扬州这座著名的古城内，住着一个叫大羊的船

fū tā kāng kǎi dà fāng qiě lè yú zhù rén yīn wèi tā shàn liáng de pǐn zhì yí wèi nián mài de lǎo fù rén sòng
夫，他慷慨大方且乐于助人。因为他善良的品质，一位年迈的老妇人送

gěi tā yì fú gǔ huà huà zhōng yí ge piào liang de gū niang zhèng zài xiù yì shuāng hǔ tóu xié chuán fū fēi
给他一幅古画。画中一个漂亮的姑娘正在绣一双虎头鞋。船夫非

cháng xǐ huan zhè fèn lǐ wù tā yì huí dào jiā jiù jiāng huà guà zài le tā chuáng tóu de qiáng shang
常喜欢这份礼物，他一回到家，就将画挂在了他床头的墙上。

yì tiān wǎn shang huà zhōng de gū niang cóng huà zhōng zǒu le chū lái yǔ dà yáng gòng tóng dù guò le yí
一天晚上，画中的姑娘从画中走了出来，与大羊共同度过了一

Since then, they met every night. Years later, they had a son who brought much happiness to the couple. But unfortunately, the head of the village, who had heard about the beauty in Da Yang's picture seized the picture away and only left a pair of tiger shoes to them. The head of the village put the picture on the wall next to his bed and waited the girl to come down every night. To his disappointment, nothing happened.

The son of Da Yang grew up and often cried for his mother. His father told him he could call his mother down from the picture.

duàn měi hǎo de shí guāng cóng cǐ tā men měi wǎn xiāng jiàn jǐ nián hòu tā men shēng le yí ge nán
段美好的时光。从此，他们每晚相见。几年后，他们生了一个男
hái zhè wèi xiǎo liǎng kǒu dài lái le gèng duō de huān lè rán ér bú xìng de shì tān lán de cūn zhǎng tīng shuō le
孩，这为小两口带来了更多的欢乐。然而不幸的是，贪婪的村长听说了
dà yáng huà zhōng huì měi rén de shì biàn qiǎng zǒu le zhè fú qí huà zhǐ gěi fù zǐ liǎng liú xià yì shuāng xiù wán
大羊画中会美人的事，便抢走了这幅奇画，只给父子俩留下一双绣完
de hǔ tóu xié cūn cháng jiāng huà guà zài le zì jǐ chuáng tóu de qiáng shang měi wǎn dōu qī dài zhe huà zhōng nǚ
的虎头鞋。村长将画挂在了自己床头的墙上，每晚都期待着画中女
zǐ xià lái lìng tā shī wàng de shì shén me shì yě méi yǒu fā shēng
子下来。令他失望的是，什么事也没有发生。

dà yáng de hái zi zhǎng dà le tā zǒng shì bù tíng de hū huàn zhe zì jǐ de mǔ qīn dà yáng gào sù tā
大羊的孩子长大了，他总是不停地呼唤着自己的母亲，大羊告诉他
kě yǐ bǎ mǔ qīn cóng huà zhōng huàn chū lái
可以把母亲从画中唤出来。

The son got into the head's home, wearing the tiger shoes. "Mum, let's go!" the son cried out to the picture loudly. The mother got down right away and walked out with the support of her son. But the head of the village stopped them. He wanted to detain the beauty as his concubine forcefully. The boy fought with him bravely. While they were fighting, the tiger shoes shook off from the boy's feet and turned into a large tiger, which finally bit the head to death. The family got united. Since then, people made tiger shoes for their own babies hoping the family and their babies be blessed.

hái zi chuānzhe hǔ tóu xié lái dào le cūnzhǎng jiā duì zhe huà dà shēngzhàohuàndào mā ma wǒ
孩子穿着虎头鞋来到了村长家，对着画大声召唤道：“妈妈，我

menzǒu ba huàyīngāngluò huàzhōng nǚ zǐ yīngshēngxià dì lǒu qǐ hái zi jiù wǎngwàizǒu tānlán de
们走吧！”话音刚落，画中女子应声下地，搂起孩子就往外走。贪婪的

cūnzhǎngdǎngzhù le qù lù tā mánhèng de yào nà nǚ zǐ zuò tā de qī zi hái zi yǒnggǎn de chōngshàng qù
村长挡住了去路，他蛮横地要那女子做他的妻子。孩子勇敢地冲上去

yǔ tā bó dòu zhèngdāngzhè shí nà shuāng hǔ tóu xié cóngnánhái de jiǎoshangsōngtuō xià lái biànchéng le
与他搏斗。正当这时，那双虎头鞋从男孩的脚上松脱下来，变成了

lǎo hǔ yǎo sǐ le cūnzhǎng zhèngshì hǔ tóu xié jiù le zhè duì mǔ zǐ tā men yì jiā zhōng yú tuán jù le
老虎，咬死了村长。正是虎头鞋救了这对母子，他们一家终于团聚了。

cóng cǐ rénmen gěi zì jǐ hái zi zuò hǔ tóu xié xī wàng jiā rén hé hái zi néngpíngpíng ān ān
从此，人们给自己孩子做虎头鞋，希望家人和孩子能平平安安。

Double Happiness
红双喜

〖Double Happiness〗

In the Tang Dynasty, there was a scholar who was on the way to the capital to take imperial examination, in which the top learners would be selected as the ministers in the court. Unfortunately, he fell ill halfway when he passed through a mountain village. A herbalist doctor and his daughter found him and took him home and treated him well.

hóngshuāng xǐ

红 双 喜

tángdài yǒu gè xiù cai jìn jīnggǎnkǎo bú xìngbìngdǎozài bàn lù de xiǎoshāncūn duōkuī yí ge zhōng yī
唐代有个秀才进京赶考，不幸病倒在半路的小山村。多亏一个中医
hé tā nǚ ér bǎ zhè xiù cai dài huí jiā xī xīnzhàoliào cái shǐ tā hěnkuài kāng fù le rán ér dāng tā yào
和他女儿把这秀才带回家悉心照料，才使他很快康复了。然而，当他要

The scholar recovered quickly due to the father and the daughter's good care. When he had to leave, he found it hard to say good-bye to the pretty girl, and so did she. They fell in love. So the girl wrote down the right hand part of an antithetical couplet for the scholar to match:

"Green trees was against the sky in the spring rain while the sky set off the spring trees in the obscuration."

shàng lù shí fā xiàn zì jǐ hé yī shēng de nǚ ér yǐ nánshěnánfēn tā menxiāng ài le yú shì nǚ hái xiě xià
上路时发现自己和医生的女儿已难舍难分，他们相爱了。于是女孩写下

yí fù duìlián de shàngliánràngzhè xiù cai lái duì
一副对联的上联让这秀才来对：

tiānlián bì shùchūn zī yǔ yǔ zī chūnshù bì liántiān
"天连碧树春滋雨，雨滋春树碧连天。"

"Well, I can make it though it is not easy. But you'll have to wait till I have finished the examination." replied the student.

In the examination the young man won the first place, and was appreciated by the emperor. When the winners were interviewed and tested by the emperor, he was lucky enough to be asked by the emperor to finish a couplet, which would need a right part as the answer. The emperor wrote:

méi wèn tí wǒ néng duì shang jǐn guǎn bú tài róng yì dàn nǐ bì xū děng wǒ gǎn kǎo guī lái
"没问题，我能对上，尽管不太容易。但你必须等我赶考归来。"
xiù cai shuō
秀才说。

xiù cai kǎo zhòng le tóu míng zhuàng yuan huáng dì hěn xīn shǎng tā xiù cai miàn jūn jiē shòu huáng dì qīn
秀才考中了头名状元，皇帝很欣赏他。秀才面君接受皇帝亲
zì chū tí shí pèng qiǎo tā de kǎo tí yòu shì wán chéng yí fù duì lián shì yào duì shàng lián huáng dì xiě
自出题时，碰巧他的考题又是完成一副对联，是要对上联。皇帝写
dào
道：

"Red flowers dot the land in the breeze's chase while the land colored up in red after the kiss."

The young man realized immediately the right part of the couplet by the girl was the perfect match to the emperor's couplet, so he took the girl's part as the answer without hesitation. The emperor was delighted to see the matching of his couplet was so elegant

dì mǎnhóngxiānghuāsòngfēng fēngsònghuāxiānghóngmǎn dì
"地满红香花送风，风送花香红满地。"

xiù cai mǎshàng yì shí dào nà nǚ hái de shànglián hé huáng dì de xiàliánqià shì yí fù jué duì yīn cǐ
秀才马上意识到那女孩的上联和皇帝的下联恰是一副绝对，因此，

tā háo bù yóu yù de xiě xià nǚ hái de shàngliánzuòwéi dá àn huáng dì kàndào tā de shàngliánshì rú cǐ de wén
他毫不犹豫地写下女孩的上联作为答案。皇帝看到他的上联是如此的文

and harmonious that he authorized the young man's identity as the Minister in the court and allowed him to return to his hometown first before holding the post. The young man met the girl happily at home and told her the emperor's couplet. They soon got married. On the wedding, the couple doubled the Chinese character "Xi" happiness on a red piece of paper and put it on the wall to express the happiness for the two events. And from then on, the double "Xi" has been taken on and become a symbol of happiness and good luck.

yǎ ér gōngzhěng fēi chánggāoxìng rènmìng tā wéi dāngcháo zǎi xiàng háizhǔn tā shàngrènqián yī jǐn huán
雅而工整，非常高兴，任命他为当朝宰相，还准他上任前衣锦还

xiāng xiù cai gāoxìng de huí jiā jiàndào le xīnshàngrén gào sù le tā huáng dì de xiàlián tā menhěnkuài
乡。秀才高兴地回家见到了心上人，告诉了她皇帝的下联。他们很快

jié hūn le hūn lǐ shí zhè duì xīn rén bǎ zhōngguó de xǐ zì liǎng ge fàng yì qǐ zhān zài le yì zhāng
结婚了。婚礼时，这对新人把中国的“喜”字两个放一起，粘在了一张

hóng zhǐ shang guà zài qiángshang biǎo dá xǐ shàng jiā xǐ shuāng xǐ lín mén zhī yì cóng cǐ yǐ hòu
红纸上，挂在墙上，表达喜上加喜，双喜临门之意。从此以后，

hóng xǐ zì jiù liú chuán kāi lái chéngwéi xǐ qìng jí xiáng de biāozhì
红“囍”字，就流传开来，成为喜庆吉祥的标志。

Braised Dong Po Pork
东坡肉

〖Braised Dong Po Pork〗

When Su Dongpo was an official in Hangzhou, he led people to dredge the West Lake, which protected the fields around it from flood and drought, so that they could have good harvest every year. The people of Hangzhou were very grateful to him, so they beat gongs and drums carrying pork and liquor to the prefect's residence. Su Dongpo had

dōng pō ròu

东坡肉

sū dōng pō zài hángzhōu wéi guān qī jiān dài lǐng hángzhōu mínzhòng shū jùn xī hú shǐ de xī hú zhōu wéi
苏东坡在杭州为官期间，带领杭州民众疏浚西湖，使得西湖周围

de tián dì bú pà lào bù chóu hàn zhuāng jia nián nián fēng shōu hángzhōu bǎi xìng gǎn jī bú jìn fēn fēn qiāo
的田地不怕涝、不愁旱，庄稼年年丰收。杭州百姓感激不尽，纷纷敲

luó dǎ gǔ tái zhū dān jiǔ sòng dào tài shǒu fǔ sū dōng pō tuī cí bú diào zhǐ hǎo shōu xià miàn duì chéng duī
锣打鼓、抬猪担酒送到太守府。苏东坡推辞不掉，只好收下。面对成堆

to receive the gift since he could not beg off. Facing the piles of pork, he ordered the cook to chop the meat into cubes and braised the meat tender and tasty with gingers, scallions, brown sugar, cooking wine and soy in the way of cooking the braised pork in his hometown, Meishan of Sichuan, but with the taste of Hangzhou taken into account. At last, he sent out the meat by one chunk per family according to the roster of laborers who dredged the West Lake.

zhūròu tā jiào fǔ shangchú shī bǎ ròu qiē chéngfāngkuài yòng zì jǐ jiā xiāng sì chuānméishāndùnzhǒu zi de
猪肉，他叫府上厨师把肉切成方块，用自己家乡四川眉山炖肘子的
fāng fǎ jié hé hángzhōurén de kǒuwèi tè diǎn jiā rù jiāng cōng hóngtáng liàojiǔ jiàngyóu yòng
方法，结合杭州人的口味特点，加入姜、葱、红糖、料酒、酱油，用
wénhuǒmèn de xiāngnèn sū làn ránhòuzài àn shūjùn xī hú de míngōnghuāmíng cè měi hù yí kuài jiāngròu
文火焖得香嫩酥烂。然后再按疏浚西湖的民工花名册，每户一块，将肉
fēnsòngchū qù
分送出去。

When the laborers tasted the braised pork, they felt it unusual. So they called it "Braised Dong Po Pork".

míngōngmen pǐncháng zhe sū tài shǒu sòng lái de hóngshāoròu dùn gǎn wèi dào bù tóng xúncháng fēn fēn
民工们品尝着苏太守送来的红烧肉，顿感味道不同寻常，纷纷

chēng qí wéi dōng pō ròu
称其为“东坡肉”。

Soup of Pearls with Emeralds and White Jade
珍珠翡翠白玉汤

〖Soup of Pearls with Emeralds and White Jade〗

Zhu Yuanzhang came from a poor family. When he was a boy, his parents both died of pestilence. Soon after that, a natural disaster burst out in his hometown, so he had to beg outside. Once, he went begging around and went off in a faint on a street for he had got nothing to eat for three days. An old woman passing by brought him home, and fed him with a bowl of left porridge which was cooked with a small piece of bean curd and a

zhēnzhū fěi cuì bái yù tāng

珍珠翡翠白玉汤

zhūyuánzhāngshàoshí jiā pín fù mǔshuāngshuāng sǐ yú wēn yì bù jiǔ jiā xiāngnào le zāi huāng tā
朱元璋少时家贫，父母双双死于瘟疫，不久家乡闹了灾荒，他
zhǐ hǎowàichū qǐ tǎo yǒu yí cì tā yì liánsān rì méi tǎodàodōng xi hūndǎozài jiē shang hòubèi yí wèi
只好外出乞讨。有一次，他一连三日没讨到东西，昏倒在街上。后被一位
lù guò dè lǎo pó po jiù qǐ jiāng jiā li jǐn yǒu de yí kuài dòu fu hé yì xiǎocuō bō cài jiāoshàng yì wǎnshèngzhōu
路过的老婆婆救起，将家里仅有的一块豆腐和一小撮菠菜浇上一碗剩粥

small pinch of spinach that she only had. Zhu Yuanzhang felt greatly refreshed soon after he swallowed up the porridge, and asked the old woman what kind of porridge it was. The old optimistic woman told him jokingly that the porridge he just had was called "soup of pearls, emeralds and white jade".

Later, Zhu Yuanzhang became emperor. One day, he got ill and had no appetite. It occurred to him the "soup of pearls, emeralds and white jade" that he had when he begged around in his hometown. He ordered an imperial cook to make it for him. The poor cook had to make a soup with the real pearls, emeralds and white jade and offered it

yì qǐ zhǔ wèi gěi zhūyuánzhāng chī zhūyuánzhāng shí hòu jīngshen dà zhèn wèn lǎo pó po gāng cái chī de
一起煮，喂给朱元璋吃。朱元璋食后，精神大振，问老婆婆刚才吃的

shì shén me nà lǎo pó po kǔ zhōng qiú lè kāi wánxiàoshuōjiào zhēnzhū fěi cuì bái yù tāng
是什么。那老婆婆苦中求乐，开玩笑说叫"珍珠翡翠白玉汤"。

hòu lái zhūyuánzhāng dāngshàng le huáng dì yǒu yì tiānshēng le bìng shén me yě chī bú xià biàn
后来，朱元璋当上了皇帝。有一天生了病，什么也吃不下，便

xiǎng qǐ le dāngnián zài jiā xiāng qǐ tǎo shí chī de zhēnzhū fěi cuì bái yù tāng dāng jí xià lìng yù chú zuò gěi
想起了当年在家乡乞讨时吃的"珍珠翡翠白玉汤"，当即下令御厨做给

tā chī nà yù chú zhǐ dé yòng zhēnzhū fěi cuì hé bái yù fàng zài yì qǐ zhǔ chéng tāng xiàn shàng zhūyuán
他吃。那御厨只得用珍珠、翡翠和白玉放在一起，煮成汤献上。朱元

to his emperor. The emperor had a taste, but found the soup was not the same as the one he wanted. He became very angry and had the cook killed. He then ordered another one to cook it. The smart cook used fish's eyes for pearls, red tomato for emeralds, spinach for green jade and bean curd for white jade, and mixed them with fish soup. When he offered it to his emperor, Zhu Yuanzhang felt it was just the flavor he had enjoyed long time ago, then the happy emperor gave the smart cook a lot of money. Soon after he got the money, the cook retired and went back to his hometown in Fengyang. He taught his town fellows how to cook the soup which later became a household dish.

zhāngchánghòu juéde gēnběn bú duì wèi yí qì zhī xià bǎ yù chúshā le yòuràngrénzhǎolái yí wèichú
璋尝后，觉得根本不对味，一气之下把御厨杀了，又让人找来一位厨

shī zhèwèichúshī hěncōngmíng yǐ yú yǎndàizhēnzhū yǐ hóngshì zi qiētiáodài fěi fěi wéihóng yù
师。这位厨师很聪明，以鱼眼代珍珠，以红柿子切条代翡（翡为红玉），

yǐ bō cài dài cuì cuì wéi lǜ yù yǐ dòu fu dài bái yù bìngjiāo yǐ yú tāng jiāng cǐ cài xiànshàng zhī
以菠菜代翠（翠为绿玉），以豆腐代白玉，并浇以鱼汤。将此菜献上之

hòu zhūyuánzhānggǎnjuéwèidao yǔ dāngnián de wèidao yí yàng yú shì zhòngshǎng nà wèichúshī nà chúshī
后，朱元璋感觉味道与当年的味道一样，于是重赏那位厨师。那厨师

dé shǎngqiánhòu biàngàobìnghuí jiā le bìngqiě bǎ zhèdàocài chuángěi le fèngyáng fù lǎo cóng cǐ zhèdào
得赏钱后，便告病回家了，并且把这道菜传给了凤阳父老。从此，这道

cài zài mínjiānguǎngwéi liú chuán
菜在民间广为流传。